명신학교에
오신 걸
환영합니다

KB058018

김동식
김선민
문화류씨
홍지운
정명섭

신입생을 위한
안전 수칙

요다

명신학교 안내도

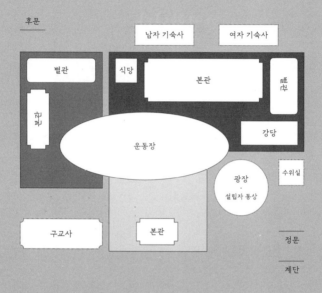

후문

| 남자 기숙사 | 여자 기숙사 |

별관
식당
본관
별관

운동장

강당

광장
·
설립자 동상

수위실

구교사
본관

정문

계단

초등학교

중학교

고등학교

차례

일러두기

‡ '명신학교'를 비롯하여 이 책에 등장하는 모든 인명, 지명,
　사건은 사실과 전혀 관계없는 허구임을 밝힙니다.

흉담凶談이라는 것이 있다. 말 그대로 흉한 이야기
라는 뜻이다. 과거와 달리 요즘에는 핸드폰으로 어디
에서나 말을 전하고, 음악도 듣고, 영상도 볼 수 있다.
무서운 영상이나 이야기 들도 쉽게 접한다. 덕분에 사
람들은 진짜 흉담과 가짜 흉담을 구분하지 못하게 됐
다. 진짜 흉담을 들어도 가짜와 구분하지 못하기 때문
에 예민하지 않은 사람의 경우에는 그냥저냥 넘어갈
수 있다. 만약 그렇지 않았다면 지금쯤 이 세상은 큰
혼란에 빠졌을 것이다.

내가 흉담이라는 말을 꺼낸 이유는 얼마 전 인터
넷에서 우연히 봤던 이야기 때문이다. 안전 수칙 같은

내용이었는데, 어떠어떠한 사항을 제대로 지키지 않으면 불가사의한 일이 일어날 수 있다는 괴담의 일종이었다. 이와 관련한 이야기는 꽤 많은 종류가 있다. 학교에 관한 것도 있고, 놀이공원, 기숙사, 독서실 등등 규칙이 필요한 모든 공간에 통용된다.

확언컨대, 흉담은 괴담과 다르다. 괴담은 말 그대로 괴이함을 담고 있는 이야기일 뿐이다. 괴담은 사람들의 입과 입을 통해 전달되기에 내용이 변하면서 축소되기도 하고, 확장되기도 한다. 사람들이 모여 있는 곳에는 어디나 괴담이 존재한다. 괴담이라는 것은 사람들이 보지 못하는 세상의 이면을 보여 준다. 아니, 오히려 괴담 속에는 우리가 외면하는 이 세계의 진실이 담겨 있다. 사람들이 느끼는 불안함이 괴담 속에 깃들어 있기 때문이다.

반면 흉담은 이야기 자체에 흉한 기운이 담겨 있다. 그 이야기들은 듣는 것만으로도 삶에 큰 영향을 줄 수 있다. 때문에 흉담은 말해서도 안 되고, 들어서도 안 된다. 그 안에 저주가 깃들어 있음은 물론이고, 그 말을 전달함으로써 흉담이 실체를 얻고 살아날 수 있기 때문이다.

앞에서 잠깐 말했던 안전 수칙에 관한 괴담은 사실상 흉담에 가깝다. 하지 말라는 것과 그것을 어겼을 때 겪을 수 있는 일을 명문화시켰다는 것 자체가 위험한 행위다. 다행히 아직은 인터넷 세계에서 괴담 정도로 떠돌고 있기 때문에 직접적인 피해는 없었지만 이것이 더 전파될 경우에는 상당히 위험한 상황이 펼쳐질 것이다.

이런 이야기를 하는 이유는 다름이 아니라 내가 직접 겪은 일이기 때문이다. 괴담이 한곳에 둥지를 틀고 오랫동안 머물러 그곳에 뿌리를 내리면 단순히 이야기로 끝나는 것이 아니라 실체를 갖게 된다. 이런 이야기를 하는 것 자체가 나로서도 충분히 위험하다. 또한 이 글을 읽고 있는 사람들 역시 위험해질 수 있다. 하지만 반드시 이 말은 하고 싶다.

안전하고 싶다면 절대로 규칙을 어겨서는 안 된다.

김동식

부산에서 어린 시절을 보내다가 주민등록증이 나왔을 때 대구로
독립해 나왔다. 2006년에 서울로 올라와 성수동의 주물 공장에서
10년 넘게 일했다. 2016년 5월부터 1년 반 동안 인터넷 커뮤니티에
올렸던 단편소설을 모아 『회색 인간』, 『세상에서 가장 약한 요괴』,
『13일의 김남우』를 출간했다. 지금까지 8권의 소설집을 출간했고,
다수의 앤솔러지에 참여했다. 카카오페이지에 〈살인자의 정석 2〉를
연재 중이다.

"이야. 최무정 오늘도 안 왔네. 일주일 넘었지?"

실실거리며 다가온 재준이가 내 어깨를 가볍게 툭 쳤다.

"남우 너한텐 정말 잘됐네. 맨날 최무정이 너만 괴롭혔었는데 말이야. 이대로 영영 사라지면 얼마나 좋아. 안 그래?"
"그래."

내 반응이 생각보다 무덤덤했는지, 재준이는 최무정이 진짜 영영 안 올 것 같다며 더 오버했다.

"그 새끼 보나 마나 어디서 이상한 깡패들이랑 어울리고 있겠지. 아니면 뭐 어디 가서 죽었을지도 몰라. 막장 인생이니까. 어차피 걔 가족도 없고, 선생님들도 솔직히 그 새끼 학교 안 온다고 신경 하나도 안 쓰더라."

"그런가."

나는 건성으로 대답하고 매점으로 들어섰다. 빵 몇 개와 우유를 골라서 계산했을 때, 재준이는 웃으며 말했다.

"옛날 같으면 너 이거 최무정 줄 빵이잖냐. 얼마나 잘됐어. 그 새끼 없어져서. 이제 넌 학교생활 폈어."

나는 더 대꾸하지 못하고 대충 고갯짓으로 얼버무린 뒤 녀석과 헤어졌다. 아직 점심시간이 끝나기까지 10분 남았으니까, 지금쯤 가야 한다.

인적 없는 구교사로 향하면서 생각했다. 최무정이 사라져서 내 학교생활이 폈다고? 그 전까지 내 학교생활은 남들 눈에도 지옥이었구나. 그렇게 보였구나.

끼익 끼익 끼이익.

구교사는 어디에서도 자기 소리를 낸다. 온몸으로 사람을 거부하는 것 같다. 그래도 목적이 있는 난 무시하고 걸었다. 계단을 올라 3층 복도 끝 코너를 돌면, 도착이다.

숨겨진 '3학년 14반'이다.

창문 하나 없고, 공간도 안 나올 것 같은 구석 한편에 그곳이 있었다. 3학년 14반. 정말 있는 줄은 몰랐다. 최무정이 없었다면 영영 몰랐겠지.

난 3학년 14반의 문을 열었고, 그 소리에 녀석이 깨어났다.

"이제 오면 어떡해 이 새끼야!"

다짜고짜 날아오는 욕설을 들어도 내 표정에 변화는 없었다. 녀석, 최무정은 일그러진 얼굴로 씩씩대다가 황급히 표정을 바꿨다. 말투마저도.

"아, 아니. 남우야. 와 줘서 고마워. 어어. 그래, 반가워서 그랬어 알지? 내가 원래 말버릇이 그렇잖아."

비굴하기까지 한 그 표정을 보며 난 새삼 신선함을 느꼈다. 녀석이 내게 이런 표정을 짓는 날이 올 줄이야.

"좀 늦었지. 자! 빵. 두 개 샀어."
"어, 어어! 고마워 잘 먹을게. 역시 너밖에 없어. 고마워 남우야."

내가 빵을 건네자 녀석은 오른손과 입으로 급하게 포장을 뜯었다. 그리고 얼른 오른손을 다시 내린 뒤, 얼굴만을 이용해 빵을 먹었다. 녀석의 손은 절대 '그것'에서 떨어지지 않았다. 떨어진다고 하더라도 오른손만 아주 잠깐이다.

난 어찌 보면 우스꽝스러운 녀석의 식사를 가만히 서서 지켜보았다. 그러자 나를 한 번 힐끔거린 녀석이 몸을 앞으로 숙였다. 명백하다. 녀석은 내 시야에서 '그것'을 가렸다.

김동식

벌써 일주일이 넘도록 절대 놓지 않은 그것, 보물 상자 말이다.

†

지난 월요일, 최무정은 밤늦게까지 나를 학교에 남게 했다. 내게 선택권은 없었다.

"우리 학교에 보물 상자가 있는 거 알아? 옛날에 친일파가 숨겨 둔 보물이라고. 내가 보물 찾으면 특별히 너도 좀 떼어 줄 테니까 따라와."

보물 따위 관심도 없었지만, 녀석은 구교사로 가는 내내 떠들어댔다. 위험할 수 있다고 흘리듯 말했는데, 아마도 그 위험을 부담하는 게 내 역할인 듯했다.
늦은 밤 구교사의 분위기는 무서웠다. 어쩌면 혼자 가기에는 겁이 나서 나를 부른 것일지도 모른단 생각이 들었다.
1층부터 3층까지, 어설프게 구교사를 수색하다

가 그 '3학년 14반'을 발견했을 때, 녀석은 환호했다.

"저거야! 저 교실 안에 보물 상자가 있다고! 너 아냐? 옛날에도 우리 학교는 3학년 14반이 있었던 적이 없어! 저긴 보물창고라고!"

기뻐한 녀석은 내가 먼저 3학년 14반의 문을 열고 들어가길 바랐다. 창문도 없는 그 이상한 교실의 문을 연다는 게 무서웠지만, 어쩔 수 없었다. 조심스럽게 문을 열어 들여다본 나는, 비명을 지르며 뒤로 주저앉았다.

"해, 해, 해골! 해골!"
"뭐야?"

아무것도, 창문 하나조차 없는 작은 교실 중앙에는 백골이 누워 있었다. 머리 위로 뻗은 두 팔 끝에 '보물 상자'를 붙잡고 있는 백골이.

교실 안을 들여다본 최무정도 나처럼 놀란 게 분명해 보였지만, 녀석은 내 뒤통수를 때리며 교실 안으로 한 발 들어섰다.

"하여간에 이 쫄보 새끼! 뼈가 뭐라고 인마!"

당당한 걸음을 하고 있지만, 녀석의 목소리도 분명 떨리고 있었다. 하지만 시선만은 오직 보물 상자에 고정되어 있었다. 녀석은 더는 내게 들어올 것을 강요하지 않고 혼자 교실 중앙을 향해 걸어갔다. 보물 상자 위에 걸친 팔뼈를 보며 잠시 망설이는 듯했지만,

"에잇!"

이내 녀석은 발로 뼈를 걸어찼다.

"야, 야!"

난 무서워서 말려 보았지만, 녀석은 팔을 걷고 곧장 보물 상자 앞에 앉았다. 녀석의 등에 보물 상자가 가려졌지만, 상자 뚜껑을 여는 소리는 선명하게 들려왔다.

끼이이직 쯔지지직.

낯선 소리와 함께 녀석의 고개가 깊이 숙여졌다. 보물 상자 안을 들여다보던 녀석의 중얼거림이 작게 들렸다.

"이, 이게 뭐야? 윽!"
"왜… 뭔데…!"

내가 일어나서 녀석에게 다가가려던 그때.

.
쿵.

녀석이 보물 상자 뚜껑을 세게 닫아 버렸다.

"…"

아무 말이 없는 녀석의 뒷모습에 난 긴장했고, 물을 수밖에 없었다.

"뭐, 뭔데?"
"…"
"안에 뭐가 있는데…?"

김동식

그 순간, 나를 돌아본 녀석이 사뭇 진지한 얼굴로 말했다.

"절대 이 안을 들여다보지 마."
"뭐?"
"상자 근처로 얼씬도 하지 말라고. 절대로."

녀석은 내게 강렬한 말투로 경고했다. 뭘까? 뭘 본 걸까?

나는 몹시 궁금했지만, 녀석의 허락 없인 볼 수가 없었다. 어쩌면 저 상자를 들고 가는 건 내 몫일 테니 그때 살짝 들춰보리라 생각했는데, 녀석이 말했다.

"난… 오늘 여기서 잘 테니까. 내일… 내일 와. 내일 보자."
"뭐? 여기서 뭐라고?"
"여기서 잘 거니까 내일 아침에 오라고! 알았어? 내일 아침 일찍! 먹을 거랑 물이랑 사서 여기로 오라고 이 새끼야!"

난 고개를 끄덕이며 3학년 14반을 떠났다. 그때

까지만 해도 나는 몰랐다. 아니, 그때 보았던 그 모습을 전혀 이상하게 생각하지 않았다.

녀석의 두 손이 보물 상자에서 떨어지지 않는 모습을 말이다.

†

다음 날 아침, 구교사의 3학년 14반에 갔을 때 녀석은 어제와 같은 자세로 교실 한가운데에 웅크리고 있었다. 내가 문을 여는 소리에 깬 듯한 녀석은 대뜸 성질을 부렸다.

"이 새끼야! 내가 일찍 오라고 했지? 죽고 싶냐?"
"일찍 온 거야…."
"됐고. 밥은?"

나는 녀석에게 빵과 우유를 건네고 녀석이 먹는 모습을 가만히 지켜보았다. 왜 손을 안 쓰지? 이때부터 난 녀석의 손이 상자에서 절대 떨어지지 않는 걸 의식하게 됐다.

"무정아 너 오늘 학교는?"
"신경 꺼 이 새끼야. 내가 뭐 범생이냐?"
"안 간다고?"
"그래. 나 여기 있을 테니까 점심에 먹을 거나 가져와. 그리고 내 핸드폰 좀 찾아보고! 어디서 잃어버렸는지 진짜."

점심에 다시 들렀을 때, 난 당황했다. 3학년 14반의 문을 열자마자 지린내가 진동했다. 설마 하던 난, 녀석이 상자 근처에서 볼일을 해결했단 걸 알았다. 왜? 뭐 때문에?
의문을 품는 내게 녀석은 욕설을 퍼부으며 저녁에 가져올 물건들을 말했다. 담요 많이, 2리터 생수, 휴지, 가능하다면 요강 같은 것도.

"그것들을 다 어떻게 구해?"
"없으면 만들어서라도 와. 이 새끼야! 너 나한테 죽기 싫으면!"
"아니 그래도…."

"죽을래? 두 번 말하게 하지 마라!"

늦은 저녁, 난 어렵게 녀석이 말한 것들을 가져다 주었다. 녀석은 내일 아침에 먹을 걸 가져오라고 시켰고, 난 그 자리를 떠나지 않고 물었다.

"너 거기 계속 있을 거야?"
"왜! 안 되냐?"
"아니. 왜? 뭐 때문에?"
"관심 꺼 새끼야!"

그렇게 말하는 녀석의 몸은 의도적으로 보물 상자를 가리고 있었다. 양손을 보물 상자에 딱 붙인 채 고개를 숙이고 있는 녀석의 모습을 보고 난 묘한 기분이 들었다. 잔뜩 움츠린 녀석이 한없이 작아 보였다.
나도 모르게 물었다.

"내가 만약 내일 안 오면 어쩔 건데?"
"뭐 씨발? 네가 지금 정신이 나갔구나? 돌았냐?"

녀석은 곧바로 성질을 부렸지만, 나는 침묵했다.

김동식

녀석의 눈이 매섭게 올라갔다.

"넌 죽었어 이 새끼!"

당장이라도 폭발할 것 같은 녀석의 모습에 움찔했지만, 침묵으로 버텼다.

"너 이리 와 봐!"

나는 가지 않았다. 녀석은 계속 욕설을 내뱉었지만, 실제 행동으로 옮기진 않았다. 가만히 그 모습을 지켜보던 난 드디어 침묵을 깼다.

"너 그 상자에서 못 벗어나?"
"뭐? 뭐라는 거야 이 새끼야!"
"손에 접착제라도 붙은 것처럼 왜 그래?"
"뭔 개소리야!"

녀석은 마구잡이로 욕설을 내뱉었지만, 끝내 보물 상자에서 손을 떼지 못했다. 녀석은 씩씩대며 날 노려보았다.

"너 내가 이거 포기하면 그 순간 넌 죽는 거야. 알 았어? 내가 이거 포기하고 가면 너 진짜 죽는다. 좋은 말로 할 때 말 들어라."

나는 조금 불안해졌지만 아무 대답도 하지 않았 다. 대신 집으로 돌아가 버렸다. 날 부르는 녀석의 고 함을 무시한 채로.

다음 날, 나는 아침에 녀석을 찾아가지 않았다. 점심시간에도 찾아가지 않았고, 수업을 모두 끝마쳤 을 때야 찾아갔다.

"야 이 개새끼야! 뭘 하다가 이제 와!"

3학년 14반의 문을 열자마자 녀석의 욕설이 쏟아 졌지만, 난 오히려 평안해졌다. 녀석의 모습이 어젯밤 과 똑같았기 때문이다. 절대 보물 상자에서 손을 떼지 않았다.

내가 침묵으로 일관하자, 녀석은 어느새 나를 '새 끼'에서 '남우'로 바꿔 부르고 있었다.

김동식

"남우야. 너 너무한 거 아니냐? 나 오늘 종일 굶어서 배가 너무 고파. 일단 먹을 것 좀 줘라."

나는 말없이 녀석을 보기만 했고, 그때부터 녀석은 묻지도 않은 말을 술술 불기 시작했다.

"그래, 사실 네 말이 맞아. 나 이 보물 상자에서 손을 뗄 수가 없어. 그러니까 남우 네 도움이 필요해. 어? 난 여길 벗어날 수 없게 됐어. 네가 아니면 난 저 해골과 같은 운명이 될 거야. 그러니까 부탁 좀 하자. 제발 나 좀 살려 줘라 남우야."

나는 그제야 입을 떼 물어봤다.

"왜 못 벗어나는데?"

그 질문에 녀석은 정확한 대답을 내놓지 않았다. 횡설수설 말을 돌리기만 하기에 재차 물었다.

"그 보물 상자 안에 뭐가 있는데? 내가 열어 보면 안 돼?"

"안 돼! 너 이거 손대면 가만 안 둬 개새끼야!"

녀석은 보물 상자 얘기에 몹시 흥분했고, 나는 궁금해졌다. 도대체 저 보물 상자 안에 뭐가 있길래? 뭐 때문에 저러고 있는 거지? 그 안에서 대체 뭘 보았길래?

"아, 아아! 욕한 거 정말 미안하다 남우야. 종일 아무것도 못 먹어서 내가 좀 예민했어. 부탁 좀 할게. 남우야."

나는 가방에서 준비한 삼각김밥을 꺼내 녀석에게 던졌다. 눈앞에 날아오는 김밥을 보고도, 녀석은 상자에서 손을 떼지 않고 얼굴로 맞았다.

"읍! 고, 고마워! 고맙다 남우야. 잘 먹을게."
녀석은 아주 빠르게 오른손만 잠시 뗀 다음, 게걸스럽게 삼각김밥을 먹어 치웠다. 3개를 모두 다. 난 그 모습을 가만히 내려다본 뒤에 물었다.

"그러니까 넌 지금 거기서 못 움직이는 거지? 이

방을 떠날 수 없다는 거잖아."

"으응. 그래."

"그럼 평생 그렇게 살아야 한다는 거야? 그건 아니잖아. 내가 선생님들 불러올까?"

"아, 안 돼! 안 돼 안 돼 안 돼!"

녀석은 발작하듯 외치며 내게 말했다.

"누구에게도 말하지 마! 절대 소문내지 마! 아무도 여길 못 오게 해!"

"그럼 넌 도대체 어떻게 하려고…."

"괜찮아! 괜찮으니까 절대 누구에게도 말하지 마! 절대로 누구도 알려 주지 마! 알았어?"

치켜뜬 녀석의 눈은 분명 진심이었다. 보물 상자를 꽉 움켜쥐는 모습까지도.

나는 녀석의 부탁대로 누구에게도 이 사실을 알리지 않았다. 녀석을 위해서가 아니라, 날 위해서였다. 내 복수를 위해서.

난 온전히 혼자서 녀석을 케어했다. 먹을 것과 약간의 생필품. 내가 없으면 녀석은 끝장이다.

지금 나는 녀석을 '안' 죽이고 있다. 원하면 얼마든지 녀석을 죽일 수 있지만, 안 죽이고 있다. 녀석의 목숨 줄을 쥐고 있으려면 다른 누구도 녀석이 여기 있단 걸 알아서는 안 된다.

근데 내가 정말로 녀석의 목숨 줄을 쥐고 있는 걸까? 아니라면? 보물 상자를 포기할 수 있다면?

나는 확신을 가지기 위해 테스트를 하기로 했다.

"수업이 너무 급해서 말이야. 먹을 거 문 앞에 두고 갈게."

"뭐? 남우야! 야! 어디가? 야! 야 씨발! 야! 야아!!"

난 아침에 먹을 걸 문 앞에 두었고, 저녁에 확인하러 돌아왔다. 결과는, 손도 대지 않은 그대로였다. 단 5초만 손을 떼면 충분히 가져갈 수 있는 거리인데도 말이다. 녀석은 정말로 저 보물 상자에서 손을 떼지 못한다.

"이 새끼! 너 일부러 그랬지 이 개새끼!"

"수업이 급하다고 했잖아."

"씨발 너…! 아니, 아니야. 남우야 욕해서 미안해. 근데 내가 여기서 못 움직인다고 몇 번이나 말했잖아. 어? 그러지 마 제발. 어?"

저런 모습을 보면 절대 보물 상자를 포기하지 못하는 것 같지만, 난 더 큰 확신이 필요했다. 그것을 위해 아주 과감한 시도를 했다. 솔직히 스스로도 심장이 무섭게 뛰는 일이다. 그것은 바로, 이번 주말 내내 녀석을 버려두는 것이다.

사람은 물만 있어도 며칠은 생존할 수 있다고 한다. 금요일 밤부터 월요일 아침까지, 2리터 물통 하나로 될까? 나라면 불가능할 것 같지만, 만약 녀석이 이것마저 견딘다면 확실하다.

주말 내내 마음이 불안했다. 녀석이 보물 상자를 포기하고 뛰쳐나오는 불안과 녀석이 끝내 죽어 버리는 불안. 둘 중 더 큰 불안은 녀석의 죽음이다. 하지만 그 불안의 이유가 죄책감인지, 아니면 너무 쉽게 죽는 것에 대한 아쉬움인지는 모르겠다.

드디어 월요일 아침, 나는 불안한 마음을 품고 구

교사로 향했다. 여전히 그곳에 존재하는 3학년 14반의 문 앞에 서서 귀를 기울이니, 아무 소리도 들리지 않았다. 설마?

나는 떨리는 손으로 문을 열었다. 그 순간.

펙!

"야 이 개새끼야!"

문 옆으로 뭔가가 날아와 부딪혔다. 그것의 정체는 눈보다 코로 먼저 알 수 있었다. 똥이다. 녀석이 내게 똥을 던졌다.

"이 개새끼! 왜 이제야 와 이 개새! 아악! 악!!"

처참한 몰골의 녀석은 울고 있었다. 그 추한 꼴보다 어이없는 건, 그럼에도 불구하고 두 손이 보물 상자에서 절대 떨어지질 않는단 거였다. 확신할 수 있다. 녀석은 이제 내가 버리면 그대로 죽는다. 절대 보물 상자를 포기하지 않고 무조건 죽는다. 저기 저 백골처럼 말이다.

김동식

도대체 뭘까? 보물 상자 안에 뭐가 들었길래 저럴까? 그날 고개 숙인 녀석은 그 안에서 도대체 뭘 본 것일까?

"야이 개 같은 새끼야! 으아아!"

마치 짐승처럼 보이는 녀석의 꼴을 내려다보며, 검은 봉지를 앞으로 들어 보였다.

"먹을 거 가져왔는데, 똥을 던지네? 갈까?"

순식간에 녀석은 돌변했다.

"아, 아니아니. 아니야. 아니야 제발, 아니야. 미안해 미안해! 미안합니다 미안합니다! 미안해!"

나는 고개 숙이는 녀석에게 봉지를 던지고 한쪽에 섰다. 녀석은 정말 순식간에 음식을 먹어 치웠는데, 그러면서도 내 시선이 보물 상자로 향하는 것을 경계했다. 도대체 뭘까? 궁금하다. 도대체 뭘까?

"나 수업 들어갈게."

"어, 어어! 고마워 남우야! 고마워!"

교실로 향하며 나는 상상해 봤다. 내가 평생 녀석을 여기서 기르듯이 사육할 수 있을까? 기르기라···. 그래, 기르기. 지금 녀석은 내가 개처럼 짖으라고 해도 짖을 것만 같다.

녀석의 목숨이 내 손에 달렸다는 걸 확신했을 때, 내 마음은 이상해졌다. 평안하기도 하고 또 두근거리기도 하고 은근히 두렵기도 했다.

상식적으로 생각해서 내가 평생 녀석을 케어한다는 건 말이 안 된다. 최소한 나는 학교를 졸업할 것 아닌가. 그렇다면 내 선택은 두 가지다. 모두에게 사실을 알려서 구조하거나, 아니면 모른 척 아무렇지도 않게 발길을 끊던가.

아마도 난 녀석을 죽이는 쪽을 선택하겠지? 지금이야 등교를 하니까 그렇지만 졸업하면··· 아니 방학만 해도. 사실 지난 1년간 괴롭힘을 당할 때마다 몇번이나 속으로 녀석을 죽였다. 이런 기회가 오기를 얼마나 바랐던가. 상상이 아닌 현실로 말이다. 짜릿하다. 조금 무섭지만 그래도.

나는 매일 밤 가늠해 봤다. 언제쯤 녀석을 외면할까? 어느 날 갑자기 전혀 아무렇지도 않게 외면할 수도 있을 것 같고, 아무리 그래도 그렇게까지 하지는 못할 것 같기도 하다. 한 가지 분명한 건, 내가 최후의 선택을 하기 전에 그 보물 상자에 대한 궁금증은 풀고 싶다는 거다. 하지만 지금은 아니다.

이런 애매한 기분으로 난 매일 녀석을 챙겼다. 가끔은 일부러 조금 늦기도 하고, 그러면서 내게 비굴해지는 녀석을 관찰하며 즐기기도 했다. 그 대단한 최무정이 점점 추하게 야위어 가는 모습을 말이다.

녀석에게 찾아가지 않고 하루를 꼬박 방치했던 어느 오후, 나는 평소 하교 시간보다 일찍 조퇴하고 구교사를 찾았다. 3층에서부터 일부러 내 인기척을 감추고, 14반의 문도 아주 천천히 열었다. 녀석은 잠들어 있을까?

안에 들어선 나는 심장이 덜컥 내려앉았다. 바닥

에 누운 녀석의 몸에 움직임이 전혀 없는 게 아닌가?

죽었나? 죽은 건가? 숨을 안 쉬나? 정말로 죽어 버렸나?

"무… 무정아…?"

조심스럽게 녀석을 부른 그 순간, 녀석의 눈이 번 쩍 떠졌다.

"뭐야 씨발! 너 뭐야 이 씹!"

극도로 흥분한 녀석이 상체를 이용해 곧장 보물 상자를 덮었다.

"이 개새끼! 언제 왔어? 언제 왔냐고!"
"방금 왔어."
"너! 가만 안 둬! 보물 상자 건들면 가만 안 둬!"
"아. 그래."

도대체 저게 뭐길래? 저렇게 격렬하게 반응한단 말인가?

김동식

나는 오랜만에 사과하며 녀석의 흥분을 달래야 했다. 그렇게 돌아오는 길에 나는 생각했다. 슬슬 저 보물 상자를 확인할 때가 온 것 같다고.

다음 날 이른 아침, 음식을 전해 주러 간 난 경악했다. 상자 근처에 있던 그 백골의 뼈가 사방으로 흩어져 있는 게 아닌가?

"뭐야? 저것들 왜 저래?"
"어, 어 남우야. 왔어? 글쎄 저 새끼가 간밤에 내 상자를 빼앗으려고 하잖아! 저 씨발놈이!"
"뭐? 뭐라고?"
"어림도 없지. 히히히. 내 보물 상자를 감히 말이야! 제까짓 게 내가 그동안 친구처럼 대해 줬다고 진짜 기어오르는 거 있지? 개새끼 어림도 없어!"
"어, 어어…?"

이상한 말을 하는 녀석의 눈동자는 어딘가 풀려 있었다. 명백하다. 녀석의 정신이 망가지고 있다. 아니, 망가졌다.

이걸 어쩌지? 이렇게 될 걸 예상했어야 했나? 저렇게 망가질 줄은 몰랐는데, 뭐지? 어쩌지?

갑자기 심장이 미친 듯이 쿵쾅거렸다. 내 탓인가? 내가 지금 녀석을 저렇게 만든 건가? 멀쩡하던 인간 하나를 내가 저렇게?

나는 그제야 깨달았다. 이 모든 것을 나는 감당할 수 없다. 난 절대 사람을 죽일 수 없는 인간이다. 난 감당할 수 없다. 나는 그런 사람이다.

도망쳤다. 아무것도 들리지 않는 상태로 구교사를 내달렸다. 정신없이 건물을 빠져나왔을 때, 천둥벼락 같은 목소리가 날 멈춰 세웠다.

"이봐 학생!"

수위 아저씨다. 하들짝 놀란 나는 수위 아저씨에게 매달려 애걸했다.

"아, 아저씨! 도와주세요! 지금 저 안에, 3층에 3학년 14반이 있는데… 안에 보물 상자를… 최무정 그놈이 그걸 열어서! 예! 최무정이 그놈이!"

김동식

나조차도 무슨 말을 하는지 모르게 횡설수설했지만, 아저씨의 눈빛은 침착했다. 마치 모든 걸 다 알고 있다는 듯 깊은 눈으로 나를 보고 있었다.

"너는 보물 상자를 열지 않았단 거지? 나머지는 다 내가 처리할 테니까 그만 가거라. 그리고 절대 누구에게도 이 일을 말하지 말고. 내가 다 알아서 할 테니까, 다신 이곳에 찾아오지 마라."

나는 그저 고개를 끄덕이는 것밖에 하지 못하고 도망치듯 구교사를 떠났다.
그리고 난, 여름방학을 맞이했다.

✝

몇 달이 넘도록 구교사 근처에는 얼씬도 하지 않았다. 누구에게도 말하지 않았고, 모든 걸 잊은 것처럼, 없었던 일처럼 생활했다. 다만 수위 아저씨를 볼 때마다 흠칫 놀랐다.

최무정은 어떻게 되었을까?

아저씨도 내게 말을 하지 않았고, 나도 묻지 않았다. 인간에게 망각은 정말 축복이다. 난 모든 걸 잊고 살 생각이었다. 구교사도, 3학년 14반도, 최무정도, 그 보물 상자도….

그런데 어느 날, 정재준이 물고 온 소문 하나가 나를 당황케 했다.

"우리 삼촌이 경찰이잖아. 최근에 무슨 장기밀매 사건이 터졌나 봐! 삼촌이 그러는데, 우리 학교에서 실종되었던 학생 하나가 장기가 다 털린 상태로 발견됐다는 거야! 그거 혹시 최무정 그 새끼 아니야?"

장기가 털려? 최무정이 죽있나고? 수위 아저씨가 분명 알아서 다 한다고 했는데 왜? 설마 수위 아저씨가…? 아니겠지 설마! 헛소문이겠지!

가슴이 울렁거렸다. 내 탓이 아니라며 잊으려 해도 안 됐다. 최무정의 소문은 아이들 사이에 얘깃거리로 퍼졌고, 그때마다 난 창백한 얼굴을 숨겨야 했다.

그날 저녁, 그대로 집에 갈 수가 없었다. 확인해

야만 했다. 난⋯ 구교사로 발길을 옮겼다.

 끼익 끼익 끼이익.

구교사 건물은 어디에서도 자기 소리를 낸다. 오랜만에 온 나를 반기는 듯한 그 낡은 건물을 천천히 걸어 3층에 올랐다. 복도 코너 끝, 그곳에 여전히 존재했다. 3학년 14반이다.

멈춰 선 나는 숨죽여 귀를 기울였다. 아무런 소리도 들리지 않았다. 들리는 건 미친 듯이 뛰는 내 심장 소리뿐이다.

나는 천천히 심호흡하며 3학년 14반의 문을 열었다. 조심스럽게 고개를 기울여 안을 보니⋯.

"아⋯."

없었다. 아무것도 없었다. 최무정도, 내가 가져다준 생필품도, 심지어는 흩어진 백골까지도.

있었다. 유일하게 있었다. 최무정이 끝까지 붙잡고 있던 그 보물 상자만이 그 자리에 그대로.

소문의 진상을 무엇 하나 확인할 수 없게 되었지만 나는 안도했다. 차라리 영영 모르고, 모른 척하며 잊고 싶다. 나는 모든 걸 묻어 두려 3학년 14반의 문을 닫고 돌아섰다.

그런데, 저 보물 상자 안에는 도대체 뭐가 들어 있는 거지?

최무정은 그날 무엇을 보았길래 그런 표정을 지었을까? 왜 보물 상자를 포기하지 못했을까? 뭘까? 얼마나 귀한 게 들어 있길래?

나는 다시 3학년 14반의 문을 열었다. 보물 상자가 보인다. 나무 궤짝. 전혀 특별해 보이지 않아 안심된다.

최무정은 욕심이 있었지만, 난 아니다. 애초에 이곳에 온 이유도 녀석 때문이 아닌가? 난 녀석처럼 보물 상자에 집착할 이유가 없다. 그러니까… 한번 열어만 볼까? 확인만 해 볼까?

나는 3학년 14반의 문턱을 넘어 보물 상자로 다가갔다. 보물 상자 앞에 쭈그려 앉은 나는 조심스럽게

김동식

손을 뻗어 보물 상자를 만져 보았다. 평범한 촉감. 아무것도 아니다. 나는 양손으로 보물 상자의 뚜껑을 잡고, 천천히 들어 올렸다.

끼이이직 쓰지지직.

부직포가 뜯어지는 것 같은 소리와 함께, 난 드디어 보물 상자의 내부를 확인할 수 있었다.

"…이게 뭐야?"

바닥이 뚫려 있잖아? 그냥 교실 바닥일 뿐인데?
한데 그 순간, 숨길 수 없는 토악질이 올라왔다.
갑작스럽게 목에서부터 올라온 엄청난 구토는, 그대로 보물 상자 안에 토해졌다.

내 심장이다. 내가 내 심장을 토해 냈다.

놀랄 새도 없이, 심장의 혈관이 바닥과 보물 상자의 벽으로 뻗어 갔다. 벽을 통과한 혈관들은 보물 상자를 붙잡고 있는 내 손과 이어졌다. 그때부터 다시 심장이 뛰기 시작하며 난 숨을 쉴 수 있었다.

"아…."

그제야 난 깨달았다. 왜 최무정이 보물 상자를 벗어날 수 없었는지, 왜 손을 뗄 수 없었는지.
심장에 한기를 느낀 나는 얼른 보물 상자를 '쿵' 닫았다.

혼란스럽다. 뭐가 뭔지 아무것도 모르겠다. 지금 떠오르는 생각은 단 하나.

이 보물 상자를, 내 심장을 지켜야만 한다. 누구에게서든, 절대 그 누구에게서든.

김선민

작가, 스토리디자이너. 한국콘텐츠진흥원이 주최한 콘텐츠 원작소설
창작과정에 선정되어 황금가시에서 장편소설 『파수꾼들』을 출간했다.
제1회 카카오페이지 밀리언 소설 공모전에서 우수상을 받은 웹소설
〈악역무쌍〉을 연재 중이다. 도시괴담 소설집 『괴이, 서울』에 단편소설
「월척」을 발표했고, 요다 지구 종말 앤솔러지 『모두가 사라질 때』에
「푸른 밤」을 수록했다. 괴담·호러 레이블 괴이학회를 운영하며,
다양한 작품집을 창작하고 제작한다. 스토리디자인 스튜디오
코어스토리도 운영하고 있다.

띠리리리이이.

수업 종료를 알리는 종소리가 울렸다. 세대가 바뀌어도 오랜 역사와 전통을 자랑하는 명신고의 종소리는 바뀌지 않았다. 학생들은 종소리에 맞춰 기지개를 켰다. 선화는 교사가 방금 말한 내용을 교과서 구석에 작은 글씨로 빼곡하게 적었다. 내신 성적이 약한 선화로서는 흘리듯 지나가는 교사의 말 한마디도 놓칠 수 없었다. 필기하는 선화 옆으로 지혜가 털썩 앉았다.

"황선화 씨, 내 톡도 씹고. 그렇게 공부만 하다가

뒈지면 억울해서 처녀 귀신 되지요."

선화는 교과서에서 눈을 떼지 않은 채 입을 열었다.

"김지혜 씨, 제발 쓸데없는 지라시 좀 보내지 말아 줄래. 중앙 계단 거울을 절대 보면 안 된다는 건 또 뭔 헛소문이야?"

"얘가 큰일 날 소리 하네. 그거 진짜야. 엄청 유명한 얘기라고. 심지어 다른 학교 애들도 알고 있더라."

"웃기시네. 내년이면 우리 고3 되는데 언제까지 이럴 거니 지혜야."

"몰라 몰라. 내년부터 열심히 할래."

선화가 혀를 차며 말했다.

"노답이네. 노답이야."

지혜가 씨익 웃으면서 선화의 얼굴을 보았다.

"근데 아까 말한 거. 그건 진짜야."

김선민

"중앙 계단에 있는 거울 보지 말란 거?"

"어, 우리 언니도 명신고 나왔잖아. 울 언니 2학년 때 진짜 한 명 실종됐대. 그래서 경찰도 오고 난리였다는데."

"그냥 가출한 거 아냐?"

"아냐, 짐도 학교에 그대로 있고. 야자 하다가 그냥 사라졌대."

"근데 실종이랑 거울이랑 뭔 상관이야."

"언니 말로는 원래 학교에 불가사의한 소문이 있었대. 저녁에 중앙 계단 거울을 보면서 명신님한테 소원 빌면 들어준다는 거."

"소원을 들어준다고?"

"어, 그때 사라진 언니가 만년 전교 2등이라서 1등해 보려고 별의별 짓을 다 했다는 거야. 근데 그 언니가 다음 기말고사에서 1등 했대."

"뭐야, 설마? 거울 보고 소원을 빌어서 1등 했다고?"

"울 언니는 그렇게 생각하더라고. 근데…. 그 언니 실종된 게 바로 그다음 날이래."

"에이, 뭔가 얘기가 이상한데."

"이상하긴 뭐가 이상해. 팩트야 팩트. 내가 언니

한테 들은 얘기라니까. 그 뒤로 절대 그 거울 보면 안
된다는 안전 수칙이 나온 거래."

"팩트고 가짜 뉴스고. 나는 일단 심화 수업 들으러
간다."

선화의 말에 지혜가 책상을 쾅쾅 두드렸다.

"와, 배신자. 혼자 대학 가겠다고 심화 수업 신청
했냐?"

"너 공부도 안 할 건데 우리 학교 왜 왔니. 들어오
기도 힘든 입시 명문 학교를 굳이."

"몰라, 나 초등학교부터 중학교까지 여기 나왔잖
아. 그럼 그냥 고등학교는 프리패스로 올려 줘."

"금수저 김지혜 클래스 여기서 나오네."

지혜는 책상에 엎드려서 발을 동동 굴렀다.

"몰라 몰라! 공부하기 싫어!"

"알아서 해. 난 간다."

선화는 자리에서 일어나 심화 학습 보충수업을

들으러 대형 강의실로 이동했다. 입시 명문고인 만큼 교내에서 하는 심화 학습 수업이 웬만한 대치동 강사 강의보다 나았다. 물론 그만큼 학비는 비쌌지만, 명문 대에 들어갈 확률이 높아진다면 이 정도는 싸게 먹히는 거라 생각했다.

'내신이 딸려서 입학사정관이랑 수시 쪽은 어려우니까 난 무조건 수능으로 승부를 봐야 해.'

선화는 천생 문과 체질이라 수학은 약했다. 그녀는 수학 심화 수업을 듣고 강의실에 남아 과제까지 모두 풀고 나서야 자리에서 일어났다. 복도로 나오니 벌써 해가 지고 있었다.

'기숙사에 들어가기는 좀 이르고. 자습실 가서 문제나 더 풀다 갈까.'

평소보다 수학이 잘 풀려서 이 흐름을 타고 쭉 나가면 단원 한 개를 완전히 끝낼 수 있을 것 같았다. 선화는 가방을 챙기기 위해 교실 쪽으로 갔다. 그런데 그녀의 눈에 뭔가가 들어왔다.

"어?"

대형 강의실에서 교실로 가기 위해서는 중앙 계단을 통과해야 했다. 그런데 평소에는 가려져 있던 중앙 계단 거울의 천이 살짝 흘러내려 와 있었다. 선화는 지혜의 얘기가 생각나 찝찝했다.

'김지혜, 하여간 쓸데없는 소리를 해서.'

선화는 애써 거울을 외면하고 계단 난간 쪽에 딱 붙어 지나갔다. 평소 버릇처럼 계단을 하나둘 세면서….

'열, 열하나, 열둘, 열세… 어?'

중앙 계단은 항상 열두 칸이었는데 이상하게 계단이 하나 더 있었다. 선화는 이상함을 느낀 나머지 발을 헛디뎌 거울 쪽으로 넘어지고 말았다. 그러면서 그만 거울에 덮여 있던 천을 붙잡고 미끄러졌다.

"으윽!"

김선민

선화는 바닥에 쓸린 무릎을 쓰다듬었다. 고개를 들어 보니 천이 벗겨진 거울에 자신의 모습이 비쳐 보였다.

"뭐, 뭐야. 그냥 거울이잖아."

한쪽 밑에 '1회 졸업생 기증'이라는 문구까지 적혀 있는 흔해 빠진 대형 거울이었다.

"1회 졸업생이라니…. 학교가 지어진 지 백 년이 넘었는데 도대체 언제 기증한 거야?"

선화는 들고 있던 천으로 거울을 다시 덮기 위해 천천히 앞쪽으로 다가갔다. 거울은 꼭 커다란 문처럼 보였다. 선화는 거울 속 자신을 바라보았다.

'명신님이 소원을 들어준다니. 참 나 유치하게.'

선화는 명문대에 가고 싶었다. 명문대에 진학해서 좋은 회사에 취직하고 집안을 일으켜 세워야 한다는 이유가 있는 것도 아니었다. 지혜네 집만큼은 아니었지만 선화의 집도 중산층 이상은 됐고, 부모님이 하는 사업도 꽤 잘되는 편이었다. 하지만 어렸을 때부터 선화는 성적 욕심이 많았다. 다른 사람에게 지는 것이 싫었다. 하지만 입시 명문인 명신고에 진학하니 공부를 잘하는 애들이 너무 많았다. 죽을힘을 다해도 항상 내신은 중상위권 정도였다. 선화는 거울 속의 자신을 보면서 머뭇거리다가 입을 열었다.

"명신님. 나 1등 만들어 주세요."

소원을 말했지만 바뀌는 것은 아무것도 없었다. 선화는 피식 웃으면서 거울에 천을 씌우려고 했다.

'초등학생도 아니고. 나도 참…'

그런데 그때 거울에 비친 선화의 뒤쪽에서 스멀스멀 흔들리는 검은 그림자가 보였다. 선화는 깜짝 놀라 뒤를 돌아보았지만 아무것도 없었다.

"뭐야, 진짜. 야! 김지혜! 너지! 장난치지 말라고!"

김선민

순간 뒤에서 누군가가 선화의 어깨를 확 잡고 끌어당겼다. 선화가 요란한 소리를 내며 뒤로 몇 바퀴를 굴렀다.

"으으으…."

선화는 뒤통수를 잡고 몸을 일으켰다. 머리가 핑돌면서 현기증이 몰려왔다.

'머리를 부딪쳤나.'

일어나서 거울을 바라봤다. 거울 속에 선화가 서있었다. 그런데 갑자기 거울 속 선화가 씨익 웃는 것이 아닌가.

'어?'

선화는 순간적으로 소름이 쫙 돋았다. 그녀는 들고 있던 천을 아무렇게나 거울에 둘렀다. 그러고는 빠르게 계단을 올라 교실로 향했다.

'내가 잘못 본 거겠지? 아 몰라. 기분 진짜 이상해.'

평소처럼 교실을 찾아가려고 했는데 뭔가 이상
했다. 교실 정 반대편으로 온 것이다. 선화는 몸을 돌
려 교실을 향해 뛰어갔다. 교실 문을 열었는데 아무도
보이지 않았다. 야자 하기 전 석식 먹을 시간이었기에
교실이 떠들썩해야 했다.

친구들의 가방, 책상 위에 필통이나 책 등은 모두
그대로 있었는데 사람만 없었다. 모두 석식을 먹으러
갔다고 하기에는 복도 전체가 너무 조용했다. 선화는
교실 창문 쪽으로 다가갔다. 해가 저물고 있었다.

"김지혜, 얘는 어디 간 기야?"

선화는 스마트폰을 꺼내 지혜에게 연락해 보려
했다.

"어라? 왜 이러지?"

심지어 전화까지 불통이었다. 선화는 고개를 갸

웃거렸다.

"진짜 왜 이러냐."

선화는 교실에서 나와 본관 옆에 있는 식당 쪽으로 향했다. 보통 기숙사로 들어가기 전에 식당에서 석식을 먹기 때문에 웬만하면 식당에서 마주치게 되어 있었다. 선화는 식당 쪽으로 걸음을 옮겼다. 그때 이상한 낌새를 느꼈다.

'왜 아무도 없지?'

선화의 교실뿐만 아니라 다른 교실은 물론 복도까지 인기척이 느껴지지 않았다. 적막에 잠긴 학교에 혼자 있다고 생각하니 온몸에 소름이 돋았다.

'김지혜가 괜히 이상한 소리 해서 더 기분 나쁘네.'

뭔가 잘못됐다는 걸 느낀 것은 식당에 도착해서였다. 식당은 불이 꺼져 있었고, 밥을 받기 위해 줄 서 있는 학생도 없었다.

"저기요! 아무도 없어요?"

선화가 소리쳤지만 돌아오는 답은 없었다. 오히려 싸늘한 냉기만이 식당 안쪽에서 밀려왔다.

"도대체 뭐가 어떻게 된…."

덜컹.

그때 식당 안쪽에서 소리가 들렸다. 선화가 조심스럽게 다가가려 했다.

"저기요. 거기 누구 있…?"

교복을 입은 여학생 하나가 서 있었다. 이름표 색깔을 보니 선화와 같은 2학년이었다. 선화가 반색하며 손을 흔들었다.

"저기, 다들 어디 갔는지 아니? 왜 아무도 석식 먹으러 안 오는…."

김선민

. . . . .
끼기기긱!

여학생이 움직였다. 그런데 움직임이 좀 이상했다. 마치 관절이 다 굳은 것처럼 한 번 움직일 때마다 기괴한 소리가 났다.

"뭐, 뭐야?"

선화가 뒤로 물러났다. 여학생은 팔다리를 뒤틀며 걸어왔다.

"왜, 왜 그래? 뭐, 뭐야?"

그때 선화는 가까워진 여학생의 얼굴을 볼 수 있었다. 그녀는 비명을 질렀다.

"아아악!"

다가오는 여학생의 얼굴에는 눈이 없었다. 입을 쩍 벌린 채 마치 바람이 새는 것처럼 쉬익쉬익 소리가 났다. 뿌드득거리는 소리를 내며 온몸을 비틀고 선화

쪽으로 다가왔다.

"오, 오지 마!"

선화는 여학생을 두고 식당에서 도망쳤다. 다시 본관 건물로 들어온 선화는 교실로 갈까 하다가 방향을 틀어서 방송실로 뛰었다.

"헉… 헉…."

선화는 방송실로 들어가 문을 잠그고 숨을 몰아쉬었다. 지혜와 함께 방송부였던 선화는 오래전 선배들이 해 주었던 말을 떠올렸다.

'얘들아. 우리 학교에서 전해 내려오는 건데. 이거 안 지키면 진짜 큰일 나니까 꼭 숙지해 둬.'

동시에 검은 수첩을 하나씩 나눠 줬다. 입학 시에 학교에서 받았던 학생 수첩과 비슷한 디자인이었지만 안쪽에 들어 있는 내용은 달랐다.

김선민

'그, 그 말이 진짜였단 말이야?'

선화는 식은땀을 흘리며 방송실 안 사물함 쪽으로 뛰어갔다.

"수첩, 수첩… 그게 어딨더라?"

선화는 사물함의 짐을 모두 꺼내서 선배들에게 받았던 수첩을 찾았다. 본인의 사물함에 없자 지혜의 사물함을 뒤졌다.

"차, 찾았다."

선화는 검은 수첩을 꺼내 펼쳤다. 그런데 뭔가 이상했다. 수첩의 글자가 모두 반대로 뒤집혀 있었다.

'이, 이게 어떻게 된 거지?'

마치 글자들이 거울에 비친 듯한 모양이었다. 선화는 그제야 이상한 느낌의 정체를 깨달았다. 모든 것이 반대로 뒤집혀 있었다. 방향도, 글자도, 숫자도. 마치 거울 속에 갇힌 것처럼.

'서, 설마 넘어질 때…?'

선화는 자신이 거울 속 세계로 굴러 들어왔다는
걸 깨달았다.

"여기서…. 여기서 나가야 돼. 안 그러면 나도…."

선화는 손을 부들부들 떨며 수첩을 펼쳤다. 글자
가 뒤집혀 있어서 방송실 안에 있는 거울에 비춰 수첩
의 내용을 읽었다. 수첩 안에는 교내 안전 수칙에 대
한 이야기가 빼곡하게 적혀 있었다.

선화는 수첩에 적힌 수칙들을 보고 가늘게 몸을
떨었다. 어느 학교에나 있을 법한 괴담 정도라 여겼는
데 진짜 뭔가가 있을 줄은 몰랐다. 선화는 호흡을 가
다듬고 상황을 파악하려 했다.

"이건… 화장실 수칙. 아니고… 소각장… 아니고.
차, 찾았다. 거울. 그중에서… 중앙 계단 거울은…."

김선민

28 해가 지면 복도 중간에 있는 중앙 계단의 거울을 마주 보지 마시오.

28-1 만약 거울을 봤다면 즉시 일몰 쪽 옥상으로 가시오.

28-2 해가 완전히 지면 다시는 돌아올 수 없으니 주의하시오.

28-3 별안 쪽을 위협하니 실망하지 마시오.

'도대체 왜 나한테 이런 일이 일어난 거야…. 빠, 빨리 여기서 나가야 돼. 일단 동상 쪽으로 가라고 하니까 그쪽으로 가자. 더 늦기 전에… 빨리.'

선화는 창밖을 바라보고 얼굴이 하얗게 질렸다. 바깥이 어두웠다.

"시간이 없어…. 빠, 빨리 가야 돼."

그런데 걸음이 잘 떨어지지 않았다. 문을 열면 아까 봤던 여학생이 자신을 쫓아올 것 같았다. 선화는 심호흡을 하고 천천히 방송실 문에 다가갔다.

"후우… 후우…"

그녀는 천천히 문을 열었다.

끼이익!

고개를 내밀어 복도를 살폈다. 다행히 아무도 없었다. 선화는 이를 꽉 물고 방송실에서 나왔다.

'운동장으로 나가서 정문 쪽 동상으로 뛰어가자.'

선화가 문고리를 툭 놨다.

텅!

두꺼운 철문이 닫히는 소리가 복도 전체에 울렸다. 순간 선화의 몸이 굳었다.

끼기기기기긱!

고개를 돌리니 복도 끝에서 그림자가 어른거렸

김선민

다. 선화의 얼굴이 새하얗게 질렸다.

"오, 오지 마!"

온몸을 뒤틀며 선화 쪽으로 다가오는 여학생의 모습이 보였다.

"어어… 어… 어…"

선화는 뒤도 보지 않고 반대편 복도로 뛰었다. 다행히 몸이 뒤틀린 괴물 여학생보다 선화의 달리기가 더 빨랐다.

"헉… 헉…"

복도 끝으로 달려온 선화는 숨을 몰아쉬었다. 다행히 여학생은 보이지 않았다. 그녀는 복도 끝으로 나 있는 계단을 보았다.
'후우… 이, 이쪽으로 내려가서 운동장으로 나가야겠다.'

선화는 천천히 계단 밑으로 내려갔다. 그런데 계단 밑은 위와 다르게 무척이나 어두웠다. 순간 선화의 머릿속에 스쳐 지나가는 게 있었다.

28-3 별관 쪽은 위험하니 접근하지 마시오.

안전 수칙에 적혀 있던 사항이었다. 지금 있는 곳이 거울 안쪽이라 방향이 현실과 모두 반대라는 걸 잊고 본관과 연결된 별관 쪽 복도로 뛰어왔다는 걸 깨달았다. 선화는 침착하게 심호흡을 했다.

'괘, 괜찮을 거야. 여기서 바로 나가기만 하면…'

순간 어두운 복도 쪽에서 뭔가 소리가 들렸다. 다다다다 뭔가가 뛰어오는 소리 같았다.

'무, 무슨 소리지?'

선화는 침을 삼키며 벽에 딱 붙어서 계단으로 내려가려 했다. 그런데 소리가 더욱 가까워졌다. 이제는 쿵쿵쿵쿵 바닥을 울리는 소리가 들렸다. 선화는 복도

김선민

바닥을 보고 비명을 질렀다.

"아아아악!"

몸이 없이 얼굴과 팔만 있는 여학생이 팔꿈치로
바닥을 짚으며 선화 쪽으로 뛰어오고 있었다. 팔꿈치
귀신이 찢어진 입으로 미소를 지으며 외쳤다.

「히히히! 나 손톱 줘! 발톱 줘! 눈알 줘!」

선화는 비명을 지르며 계단을 구르다시피 뛰었다.

"아아아악! 오지 마! 오지 마!"

부리나케 1층까지 뛰어갔다. 그런데 뒤에서 계
속 쿵쿵쿵 소리가 뒤따라왔다. 선화는 울다시피 하며
1층 문을 열고 나가려고 했다. 그런데 별관 현관문이
잠긴 듯 열리지 않았다.
"문! 문 좀 열어 줘요!"

선화가 아무리 흔들어도 문은 열리지 않았다. 그

때 복도 쪽에서 쿵쿵쿵 소리가 들렸다.

「히히힉! 간 줘! 췌장 줘! 신장 줘!」

열리지 않은 문을 두고 선화는 다시 복도를 향해 달렸다. 별관 복도를 지나 다시 본관 정문 쪽으로 가서 운동장으로 나갈 생각이었다. 그녀의 뒤로 다다다다 소리가 뒤따라왔다.

「히히히히히!」

기괴한 웃음이 선화의 등 뒤에 딱 따라붙었다. 어두운 복도의 그림자들이 살아 움직이는 것처럼 선화를 뒤쫓았다. 천장 위에 붙은 뭔가가 시시덕거리며 말했다.

「살아 있다. 살아 있어.」
「따뜻하겠다. 맛있겠다.」
「내 거야. 건드리지 마.」

그림자들 사이로 들려오는 소리에 선화는 귀를

김선민

막고 복도를 계속 달렸다. 어두운 별관의 복도가 끝나고 본관 복도가 나왔다.

"헉… 헉…"

선화가 고개를 들고 앞을 보았다.

끼기기기기긱!

온몸을 비틀며 다가오는 여학생이 보였다. 선화는 두려움에 이빨을 딱딱 부딪었다. 뒤에서는 온갖 귀신들이, 앞에서는 기괴한 여학생이 다가왔다. 그녀는 숨을 몰아쉬었다. 창문을 열려고 했는데 뭔가가 걸렸는지 열리지 않았다. 선화는 어금니를 꽉 물었다.

"안 죽어. 난 안 죽어."

그녀는 교복 겉옷을 벗어 손에 둘둘 감았다. 그러고는 옆에 있는 창문을 내리쳤다.

콰직!

창문에 서서히 금이 갔다. 선화는 한 번 더 힘껏 팔을 휘둘렀다. 창문이 쨍강 소리를 내며 깨졌다. 선화는 창문턱으로 올라가 발로 유리창을 깨고 그대로 바깥쪽으로 나갔다.

"아악!"

유리창을 통과하면서 깨진 유리에 정강이가 쭉 찢어지고 말았다. 붉은 핏방울이 화단에 뚝뚝 떨어졌다. 선화는 절뚝거리며 자리에서 일어나 운동장으로 향했다.

"헉… 헉…"

유리창 건너편 뒤쪽에서 기괴한 소리가 들렸다.

「지금 잡아야 돼. 안 그러면 못 먹어.」
「잡으러 가자. 잡으러 가자!」
「동상만 안 건드리면 돼! 히히히!」

운동장에도 칠흑 같은 어둠이 깔렸다. 금방 해가

김선민

졌는데도 앞이 안 보일 만큼 캄캄했다. 선화는 완전히 밤이 되자 소리를 질렀다.

"아, 안 돼!"

뒤를 돌아보니 복도에서 들었던 기괴한 웃음들이 스멀스멀 다가왔다.

「이리 와! 히히히히히!」
「히히히! 발가락 줘! 손가락 줘! 눈알 줘!」

안개처럼 온몸을 휘감는 어둠을 헤치고 선화는 힘겹게 뛰었다. 선화의 목표는 운동장을 가로질러 광장 쪽으로 가는 것이었다.

"헉… 헉…"

목까지 숨이 차올랐다. 광장 가운데 학교 설립자 동상이 보였다. 선화가 동상을 향해 겨우 손을 뻗었을 때 뭔가가 선화의 발목을 잡았다. 그녀가 그대로 넘어졌다.

"아악!"

뒤를 돌아보니 팔꿈치 귀신이 얼음장처럼 차갑고 긴 손가락으로 선화의 발목을 붙들고 있었다. 찢어진 입 사이로 새빨간 혀가 튀어나왔다.

「발가락! 발톱! 먹을래!」

선화가 발을 버둥거리며 귀신을 떼어 내려 했다. 하지만 소용이 없었다. 그 뒤로 어둠 속에서 다른 귀신들 역시 쫓아왔다.

"이거 놔! 저리 비켜!"

팔꿈치 귀신이 선화의 신발을 꽉 물었다. 이빨이 신발을 뚫고 발등에 닿았다.
"아아악! 사, 살려 줘!"

그때였다. 선화의 옆에 온몸이 뒤틀린 여학생이 다가왔다.

김선민

끼기기기긱!

여학생은 몸을 비틀거리며 털썩 쓰러졌다. 공포
에 질린 선화는 숨도 제대로 쉬지 못했다. 여학생이
그녀의 귓가에다 뭐라고 중얼거렸다. 그러더니 순간
몸을 뒤틀며 선화의 발목을 잡은 팔꿈치 귀신을 움켜
잡았다.

「키에에엑!」

팔꿈치 귀신이 선화의 발목을 놓고 버둥거렸다.
선화는 그제야 발을 움직일 수 있었다. 그녀가 바닥을
기어서 동상이 있는 쪽으로 갔다. 그녀를 쫓아온 귀신
들이 괴성을 질렀다.

「안 돼! 그쪽으로 가지 마!」
「히히히히히! 이쪽으로 와! 같이 놀자!」

선화는 어금니를 꽉 물고 마지막 힘을 다해서 바
닥을 기었다. 그러고는 겨우 동상에 이르렀다. 그녀는
손을 뻗어 동상을 짚었다.

"되, 된 건가?"

하지만 바뀌는 건 아무것도 없었다. 선화는 위를 올려다보았다. 완전히 해가 지고 캄캄한 어둠이 내려앉아 있었다. 선화는 동상을 손바닥으로 내리치며 말했다.

"나 여기 왔어! 빨리! 빨리 보내 줘!"

하지만 동상은 전혀 움직임이 없었다. 선화는 고개를 숙이며 흐느꼈다. 그때였다.

드̇드̇드̇드̇드̇드̇!

갑자기 바닥이 요란스럽게 움직였다. 선화는 깜짝 놀라 고개를 들었다.

"무, 무슨 일이?"

선화가 옆을 보았다. 반투명한 그림자가 어스름하게 보였다.

「빨리 파!」

「젠장!」

누군가가 삽질을 하며 땅을 파고 있는 듯했다. 순간 땅이 더 심하게 흔들렸다.

"아악!"

선화가 비명을 질렀다. 그녀는 충격에 혼절했다.

✝

"야, 야! 황선화!"

선화는 순간 정신을 차리고 고개를 들었다. 그녀의 눈앞에 지혜가 있었다.

"너 뭐야? 어제 저녁 먹으러 안 오고. 기숙사에서도 안 보이고. 너 야자 하다 밤새웠어?"

"뭐?"

선화는 자리에서 일어나 주변을 둘러보았다. 평소와 다를 바 없는 평범한 교실의 풍경이었다.

'어떻게 된 거지? 설마 꿈…?'

그때 선화는 다리에서 통증을 느꼈다.

"으윽."

다리를 보니 정강이에 붉은 줄이 가 있고, 발목에는 시퍼렇게 멍이 들어 있었다. 그걸 보고 지혜가 호들갑을 떨었다.

"야, 다리 왜 그래? 빨리 양호실 가자."

선화는 지혜의 부축을 받으며 양호실로 향해 갔다. 그런데 식당 쪽이 소란스러웠다.

"무슨 일이지?"

김선민

구급 요원들이 급하게 뭔가를 실어서 나르는 것
이 보였다. 구급 요원들이 선화와 지혜의 옆을 스쳐
갈 때 그녀는 들것에 실린 뭔가를 보았다. 그건 이미
말라비틀어진 미라였고, 미라는 학교 교복을 입고 있
었다. 그리고 선화는 그 교복에 달린 명찰을 보았다.

"저, 저건…?"

옆에 있던 지혜가 호들갑을 떨었다.

"대박, 대박. 선화야 봤어? 지금 실려 나간 시신.
어제 내가 말했던 그 실종자래."

선화의 얼굴이 하얗게 질렸다.

"실종자? 그때 거울 보고 사라졌다던?"
"그래. 식당 냉장고 틈에 끼어 있던 걸 오늘 발견
했다던데? 근데… 그 안에 어떻게 들어간 걸까. 그게
더 미스터리다, 야."

지혜가 선화를 부축하며 이끌었다.

"가자. 많이 아프지?"

선화가 고개를 저었다. 그녀는 미라를 싣고 떠나는 앰뷸런스를 보며 어제 보았던 괴물 여학생이 자신의 귀에 속삭였던 걸 떠올렸다.

「1등… 안 해도… 돼…. 지… 입… 가… 고… 시… 퍼… 어….」

'만약 내가 조금이라도 늦었으면… 혹시 나도…?'

선화는 흠칫 놀라 몸을 부르르 떨었다. 그때 선화의 주머니 속에서 뭔가가 툭 흘렀다. 검은 수첩이었다. 그녀는 바닥에 떨어진 수첩을 보다가 다시 주워서 주머니 안에 넣었다. 이 학교에서 지켜야 할 수많은 안전 수칙을 숙지할 필요가 있었다. 그리고 그녀 역시 후배들에게 이 수첩을 주며 말할 것이다. 만약 이 수칙을 지키지 않으면 큰일이 날 테니 꼭 숙지해 두라고.

김선민

문화류씨

5년간 회사에 다니면서 문화콘텐츠를 기획하고 글 쓰는 일을 했다.
이후 회사를 위한 글이 아닌, 나를 위한 글을 쓰고 싶어 회사를
그만뒀다. 오래 살지 않았지만 30여 년간 겪었던 실패와 좌절 속의
이야기가 괴담처럼 느껴졌다. 인간의 불안과 욕망에 대한 이야기를
스마트폰에 눌러 써 온라인 커뮤니티에 업로드했다. 문화류씨
공포괴담집 『저승에서 돌아온 남자』, 『무조건 모르는 척하세요』를
출간했으며, 현재 카카오페이지에서 〈오싹오싹 한국기담 2〉를 연재
중이다.

"전학 준비는 잘 하고 있니?"

"준비랄 게 있나? 가라고 해서 가는 건데."

"원일아, 새 학교에서는 싸우지 마. 제발…. 엄마 부탁이야."

원일은 방에 누워 학교에서의 일을 떠올렸다. 아무리 생각해도 이상했다. '왜 그 자식들에게는 아무런 제재를 가하지 않았을까?' 마음 같아서는 학교고 뭐고 다 때려치우고 싶었지만, 고등학교는 졸업해야 하지 않겠느냐는 엄마의 애원에 하는 수 없이 전학을 받아들였다.

"그래, 새 학교에서 새롭게…."

원일은 이제 명신고등학교 학생이 됐다. 좋지 않은 소문이 퍼져서인지 집 주위 학교에서는 원일의 전학을 거부했다. 그러던 중 명신고등학교에서 연락이 왔다. 자기네 학교의 학생이 되면, 교복과 학비를 비롯한 모든 걸 지원하겠다는 것이다. 집에서 한 시간이나 버스를 타고 가야 되는 먼 거리였지만 고마웠다.

"하… 매일 이렇게 다니려면 피곤하겠다."

오르막을 오르고 올라 학교에 도착했다. 적색 벽돌로 견고하게 지어진 건물이었다. 초중고가 함께 있었는데, 특히나 멀리서도 보일 만큼 커다란 동상이 인상적이었다.

거대한 규모에 압도된 원일은 건물을 올려다봤다. 옥상에서 학생 하나가 원일을 보며 히죽 웃고 있었다.

"뭘 보냐? 나 아냐?"

문화류씨

원일이 인상을 찌푸리며 쳐다보자, 그는 대답도 없이 올라오라는 손짓만 했다.

"저게 미쳤나? 누굴 호구로 아네?"

원일은 씩씩거리며 학교로 들어갔다. 한 층만 더 오르면 옥상이었지만, 선생들이 막아서는 바람에 멈칫했다.

"몇 학년 몇 반이야? 누가 여기까지 올라오래? 교칙도 모르나?"

체육 선생이 커다란 몽둥이를 고쳐 잡았다. 전학생이라고 말할 틈도 없었다.

"누가 여기서 얼쩡거리라고 했어?"
"어허, 최 선생… 그만!"

눈빛이 매서운 중년의 남자가 그를 말렸다. 그러고는 자신을 학생부장이라 소개하며 미소 지었다.

"네가 오늘 전학 온 유원일이구나. 교무실은 2층이란다."

체육 선생은 그제야 굳었던 얼굴을 풀었다.

"나도 부임한 지 얼마 안 돼서 전학생인 줄 몰랐네, 하하하…. 말 나온 김에 학교 교칙은 확실하게 알아야 해. 우리 학교는 옥상 출입을 금하고 있단다. 명심하도록 해."

원일은 정신이 없었다. 학생들에게 옥상 출입을 허락하는 학교가 드물긴 하지만, 그래도 이렇게 민감하게 반응할 줄은 몰랐다. 학생부장을 따라 교무실에 들어서자, 하얀 정장을 입은 할머니가 원일을 반갑게 맞이했다.

"우리 학교에 온 것을 환영한다. 지정호 선생님, 오늘 선생님 반으로 전학 온 유원일 학생이에요."

지정호가 자리에서 일어났다. 큰 키에 깡마른 모습이 거대한 쥐를 연상시켰다. 진회색의 양복 차림 때문에 더욱 그렇게 보였는지도 모른다. 지정호의 말투는 다소 어수룩했지만, 매우 친절했다.

"4반 담임 지정호란다. 앞으로 잘해 보자. 아, 참! 학교 옥상에는 절대 올라가지 말거라. 교칙이니까 말이야."

원일은 고개를 끄덕였지만, 의심스러운 마음은 지울 수 없었다.

'선생들마다 왜 옥상에 가지 말라는 거야? 지뢰라도 심어 놨나?'

지정호를 따라 교실로 들어갔다. 반 아이들이 환호하며 원일을 반겼다. 처음 받는 대접이었다.

전 학교와 비교됐다. 그날 사고에 대한 모든 책임을 지게 한 담임과 자초지종도 모른 채 자신을 경멸의 눈초리로 보던 아이들이 떠올랐다. 이 학교에서는 그런 대우를 받지 않기를 바랐다.

그러나 왜일까? 새로운 학교에 대한 찝찝함을 지

울 수 없었다. 학교에 다녀와 온종일 허공을 응시하던 원일에게 엄마가 물었다.

"새로운 학교는 어땠어?"
"좋았어…. 앞으로 적응 잘할 것 같아…."

✝

학교에서는 가을 문화제 준비가 한창이었다. 온통 가을 문화제 이야기뿐이었다. 원일도 퍼포먼스 공연에 참여하게 되었다. 하고 싶지 않았지만 반 아이들과 담임이 추천을 하니 거절할 수가 없었다.

원일의 역할은 귀신의 제물이었다. 공연 내내 관에만 누워 있으면 되는 역할이라 어려울 건 없었다.

"썩 마음에 들지는 않지만, 그래도 춤추고 노래하고 연기하는 것보다 훨씬 낫다."

문화류씨

연습이 시작되자, 관에 들어가 누웠다. 선생 몇이 나와서 제사장을 연기하는데 소름이 돋을 정도로 리얼했다.

"귀신님이시여… 이 제물을 그대에게 받치나니 노여움을 푸시옵소서…. 저희의 잘못을 용서하고, 이 제물로써 부디 화를 푸시옵소서…."

원일은 찜찜했다. 문화제가 뭐라고 이렇게까지 혼신을 다한단 말인가? 여기서 끝이 아니었다. 선생의 대사가 끝나면 학생들이 복창했다.

"화를 푸시옵소서…."

거대한 종교 집회 같았다. 학생들도 혼신을 다해 연기했다. 실제 상황이라고 여겨질 만큼 소름이 끼쳤다. 그러나 연습이 끝나고 관에서 나오면 언제 그랬느냐는 듯 원일에게 친근하게 대했다. 원일은 그들의 친절이 부담스러웠다. 아니, 불편했다. 그들이 가식적으로 보여 어쩔 땐 숨통이 조여 왔다.

그중 수철은 원일이 편하게 생각하는 유일한 아이였다. 녀석은 가식적이지 않았다. 말수가 적고 어수룩했지만, 원일이 속마음을 털어놓을 때마다 모두 들어주는 친구였다. 쉬는 시간이 되자, 원일은 수철을 데리고 건물 밖으로 나갔다.

"이놈의 학교는 왜 이렇게 사람을 불편하게 하냐?"

원일의 말에 미소만 짓는 수철이었다.

"니가 뭘 알겠냐…. 그런데 내가 굳이 관에 들어가 있을 필요가 있나? 내가 대사를 치는 것도 아니고 연기를 하는 것도 아닌데…. 관에 가만히 누워 있다 보면 괜히 이상한 생각만 들어. 나를 진짜 제물로 바치려는 건가, 싶고 말이야."

수철이 원일을 다독였다.

"조금만 참아. 다음 주면 다 끝나잖아. 그때까지만 참아."

밖에 나와 바람을 좀 쐬니 마음이 풀렸지만, 앞으로 일주일이나 이 짓을 더 해야 한다고 생각하니 다시 가슴이 답답했다. 겪어 본 적은 없지만, 관에 들어가 있으면 숨이 막히고 식은땀이 흐르면서 '이런 게 폐소 공포증인가?' 싶었다.

시간이 지날수록 아이들과 선생들이 원일에게 과도한 관심을 가졌다. 그런 모습이 원일을 더욱 지치게 했다. 점심시간인데도 입맛이 없었다. 혼자 있고 싶었다. 안 되는 줄 알지만, 옥상에 올라가기로 했다. 문화제에 신경 쓰느라 아무도 옥상을 지키고 있지 않았다.

"별것도 아닌데… 옥상에는 왜 가지 말라는 거… 엇?"

옥상 출입구에 부적이 붙어 있었다. 어릴 적 할머니께서 부적이 붙은 물건이나 건물은 피하라고 하셨지만, 호기심을 참을 수 없었다. 부적을 하나둘 뜯으니, 신기하게도 문이 저절로 열렸다.

"뭐야? 아무리 교칙이라도 그렇지. 못 들어가게 하려면 자물쇠라도 달아 두든가. 겨우 부적 정도만 붙여 놓고, 그렇게 호들갑을 떤 거야?"

혼잣말을 하며 문을 열어 보니 여느 학교의 옥상과 다르지 않았다. 안전상의 문제로 옥상 출입을 통제하는 것 같았다.

커다란 물탱크에 기대어 앉았다.

"학교를 꼭 다녀야 하나…."

모두가 친절하고 잘해 주지만 도통 적응이 되지 않았다. 남들 다 다니는 학교인데, 자신만 적응하지 못하는 것 같아 한숨이 나왔다. 과연 졸업이나 할 수 있을까?

"어허, 여긴 학생이 올라오면 안 되는 곳인데…. 엣헴."

놀란 원일이 고개를 돌렸다. 순간, 말이 나오지

문화류씨

않았다. 전학 첫날, 옥상에서 원일에게 손짓한 녀석이었다.

"너… 너는 여기 어떻게?"
"크ㅎㅎㅎ… 선생들 온다. 어서 내려가!"

녀석의 말에 원일은 재빨리 2층 화장실로 들어갔다. 녀석의 말대로 선생들이 옥상으로 올라가고 있었다. 숨을 고르고 나가려는 순간, 옥상에서 비명이 들렸다.

"으아아아아악… 누가 열었어! 그러니까 식사 시간에도 지켜야 한다고 했잖아."

체육 선생 목소리도 들렸다.

"문화제도 얼마 남지 않았는데… 누가 연 거예요? 다 된 밥에 코 빠트렸네…. 사람이 죽거나 그런 건… 아니겠죠?"

소란을 숨죽여 듣고 있던 원일은 느낌이 좋지 않

았다. 판도라의 상자를 연 것만 같았다. 설마, 설마, 하며 마음을 다잡았다.

"함부로 말하지 마, 최 선생. 다른 선생들이랑 학생들이 알면 동요하니까. 일단 문부터 닫고 이곳을 지키고 있으라고…"

학생부장이 내려오자, 원일이 몸을 숨겼다. 또다시 강제 전학을 갈 수는 없었다. 건물을 나와 강당에 들어왔을 때, 교내 방송이 울려 퍼졌다.

"아, 아… 지금 교내에 있는 모든 학생 및 선생님은 강당으로 모여 주세요. 다시 한번 말씀드립니다. 지금 교내에 있는 모든 학생 및 선생님은 강당으로 모여 주세요."

교내에 있던 사람들이 순식간에 강당으로 몰려들었다. 선생들과 전교생으로 강당이 가득 메워졌다. 전학 오던 날, 하얀 정장을 입고 인자한 모습으로 원일을 반기던 교장과 몇몇 선생이 강단 위로 올라갔다. 교장이 마이크를 들었다.

문화류씨

"조용!!!"

원일을 맞이했던 인자하고 따뜻한 모습의 교장은 없었다. 미간을 찌푸리니, 살기마저 느껴졌다.

"누가 옥상 문을 연 거야? 교칙도 모르나?"

학생들의 표정이 순식간에 굳었다. 그중 여학생 몇이 겁에 질려 울기 시작했다. 원일은 기가 막혔다. 이게 그렇게까지 큰일인가? 교칙 좀 어겼다고 학교 전체가 벌벌 떨다니….

바로 그때, 원일의 담임이 펄쩍 뛰었다. 반장이 보이지 않았기 때문이다. 학생들이 웅성댔다. 교장이 선생 몇에게 반장을 찾으라고 했다. 하지만 선생들은 섣불리 움직이지 않았다. 원일은 손을 번쩍 들며 자신이 찾아보겠다고 했다. 교장이 멈칫하더니, 교감과 이야기를 나눈 뒤 마이크에 입을 댔다.

"이왕 이렇게 된 거… 4반 유원일과 이수철이 반장을 찾도록 해. 지정호 선생도 나가서 같이 찾아봐

요. 지 선생! 뭐 해요?"

셋은 내쫓기다시피 강당을 나왔다. 순식간에 바뀐 냉소적인 시선에 기분이 나빴다. 그런데… 수철이 이상했다. 평소 그렇게 잘 웃던 놈이, 공포에 질린 듯 온몸을 떨며 중얼거렸다.

"다 끝났어…. 다 끝났어…. 다 끝났어…."

원일은 이 상황을 이해하기 어려웠다.

"이수철! 정신 좀 차리고…. 이게 무슨 상황인지 말이라도 좀 해 줘라."

수철은 아무 말도 하지 않았다. 좋지 않은 예감은 예나 지금이나 틀린 적이 없다. 아버지의 죽음도, 이전 학교에서의 일도, 이런 식으로 찾아왔다.

반장은 가식적인 놈이었다. 평소에도 원일만 보면 억지로 입꼬리를 올리며 가늘게 눈웃음을 지어댔다. 원일은 그런 반장이 싫었다. 반장을 보고 있으면,

전 학교에서 자신에게 책임을 뒤집어씌우고 미소 짓던 인간들이 떠올랐다.

"너만 전학 가면 문제가 커지는 걸 막을 수 있어. 한번 생각해 봐. 따돌림 당하던 종규가 반 친구들하고 화해하면 좋은 거잖아. 너한테 맞은 애들은 네가 전학만 가면 더 이상 문제 삼지 않겠대. 그러니까 원일아… 좋은 게 좋은 거라고, 다른 학교에 가서 새 출발해. 너희 어머니께도 그렇게 얘기했어. 고등학교는 졸업해야지."

전 학교의 담임이 그날의 일을 대충 무마시키려고 할 때의 표정, 친구들 다수가 자신을 바라보던 그 눈빛 때문에 원일은 매일이 고통이었다.

반장을 찾기 전에, 넋을 놓고 있는 수철을 진정시켜야만 했다. 잠시 벤치에 앉으려는데 옥상에서 비명이 들렸다. 좀 전까지 함께 있던 지정호가 뛰어내리려하고 있었다.

"허어어억… 오… 오지 마. 제발 오지 마…. 오지

마…."

　원일이 옥상으로 향하려는 순간, 지정호가 몸을 던졌다. 순식간에 지정호의 머리가 바닥과 부딪히며 피가 튀었다. 무엇을 어떻게 해야 할지, 아무 생각도 나지 않았다. 급기야 수철이 비명을 질렀다. 눈을 가린 채, 옥상을 가리켰다. 원일이 그곳으로 시선을 옮겼다. 옥상에서 만난 그 녀석이었다.

　장난기 넘치던 모습은 온데간데없고 피범벅에 일그러진 얼굴이었다. 온몸의 관절이 꺾인 채로 건물 벽을 기고 있었다. 수철이 그것을 보고 아연실색하며 도망갔다. 한동안 그것과 원일이 눈이 마주쳤는데, 그것이 눈을 피하며 건물로 들어갔다. 정신이 번뜩 든 원일은 담임의 죽음을 알리기 위해 다시 강당으로 들어가려고 했으나, 문이 잠겨 있었다. 아무리 문을 두드려도 열어 주지 않았다. 강당 안의 다수는 두려움에 떨고 있었고, 일부는 경멸의 눈빛으로 원일을 바라봤다.

　원일은 일이 잘못되고 있다는 걸 깨달았다. 자신을 제외한 모두가 벽을 기던 그것과 관계가 있을 것이라는 생각이 들었다. 원일은 수철이나 반장을 찾아 물어보기로 마음먹었다.

텅 빈 교실에서 누군가를 찾는 일이 이토록 긴장될 줄이야…. 작은 소리에도 뒤를 돌아보았다. 사물함이나 창문에서 갑자기 뭔가가 튀어나올 것 같았다.

한 사물함이 유난히 파르르 떨고 있었다. 조심스레 다가가 그것을 열었다. 반장이 안에 있었다. 녀석은 사색이 된 채로 그곳에 숨어 있었다. 수철처럼 넋이 나가 있기에, 원일이 뺨을 세게 내려쳤다. 반장은 그제야 숨을 내쉬며 원일의 눈을 똑바로 보았다.

"반장, 반장! 이게 도대체 어떻게 된 거야? 이게 무슨 일이냐고."

✝

44일 전, 한 녀석이 옥상에서 몸을 던졌다.

이름은 한영한. 따돌림 당하는 친구를 감싸다가 자신까지 따돌림을 당하게 된 녀석이었다.

"야, 이수철. 너 한영한이랑 어울리지 마라. 그러면 우리가 널 받아 줄게. 찐따라고 괴롭히거나 얕보는 일도 없을 거야. 대신… 얘들 보는 데서 정의로운 척하는 한영한에게 망신 좀 줘라, 매일…."

수철은 영한을 배신했다. 영한은 하루아침에 바뀐 수철의 태도에 당황했지만, 오죽하면 그랬을까 싶어 이해하기로 했다. 하지만 날이 갈수록 수철의 언행은 도를 넘었다. 영한이 임대아파트에 산다느니, 부모님의 직업이 천하다느니 하며 놀려댔다. 수철이 조롱하면 주위 아이들은 신나게 비웃었다. 아이들의 반응이 커질수록 수철은 영한의 마음에 대못을 박았다. 그렇게 하면 따돌림 당했던 자신의 과거를 지울 수 있을 것만 같았다.

"영한아, 냄새난다. 너희 아파트에서 나오는 물은 하수구니?"

문화류씨

자신만 당당하면 괜찮을 줄 알았던 영한도 더 이상은 견디기가 어려웠다. 모든 아이들이 자신을 오물 취급하며, 경멸의 눈으로 보았다.

결국 영한은 담임인 지정호에게 모든 일을 털어놓았다. 그러나 지정호는 그런 일이 귀찮은지 영한에게 문제가 많다며 성격을 바꿔 보라는 둥, 친구들에게 햄버거라도 사라는 둥, 알아서 해결하라고 돌려보낼 뿐이었다.

그날도 어김없이 수철이 영한을 조롱했고 반 아이들 모두가 영한을 비웃었다. 참다못한 영한이 일어나 패거리 중에 가장 강한 녀석을 때렸다. 맞은 녀석이 그대로 바닥에 쓰러지자, 또 다른 녀석을 향해 주먹을 날렸다. 순식간에 패거리 몇을 엉망으로 만들었지만 자신을 조롱한 수철은 건들지 않았다.

다음 날, 가해자와 피해자의 부모들이 학교로 찾아왔다. 영한의 어머니는 무릎을 꿇었다. 담임은 모든 것을 영한의 탓으로 돌렸다.

"영한이 어머님, 제가 피해자 부모님들 설득하느라 얼마나 난감한지 아세요? 방법이 없어요. 애들이 영한이 때문에 무서워서 학교를 못 다니겠대요. 영한이… 전학 보내시죠."

영한의 어머니는 담임의 제안을 받아들였지만, 영한은 그렇지 못했다. 담임에게 상담을 요청했지만 담임은 급한 일이 있다며 응하지 않았다. 억울한 마음에 학생부장과 교장에게 면담 요청을 했지만, 마찬가지였다. 어느 누구도 영한의 이야기를 들어주지 않았다. 잘못한 것도 없는데, 이대로 전학을 갈 수는 없었다. 영한은 옥상에 올라가 외쳤다.

"너희들 잘 들어! 이곳에서 받은 수모는 절대 잊지 않을 거다. 여기서 죽으면 반드시 악귀가 되어서라도 너희들을 데려갈 거다. 이사장, 교장, 담임… 그리고 치사하게 뒤에서 비웃고 조롱하던 너희들… 두고 봐라. 가장 잔인하게 복수할 거다."

영한이 투신했다. 떨어지자마자 즉사했다. 모두가 경악했다. 교장은 다른 선생들에게 해결하라고 미룰 뿐이었고, 선생들도 적극적이지 않았다. 한참이 지나서야 구급차와 경찰차가 출동했고, 뒤늦게 수습이 됐다.

교장은 학생들을 모두 강당에 집합시켰다. 영한의 죽음과 관련된 일은 뭐든 누설하지 말라고 했다. 누설하는 날에는 퇴학 조치를 할 것이며, 어떤 방법을 써서든 불이익을 줄 것이라 선포했다. 신기하게도 어린 학생이 학교에서 죽었는데, 신문 귀퉁이에도 나지 않았다. 아무 일도 없었던 것처럼 지나갔다.

학교에 이상한 소문이 돌기 시작했다. 장례식 중에 죽은 영한의 사체가 사라졌다는 것이다. 학생들 몇은 영한을 학교에서 봤다고도 했다. 선생들은 어수선한 분위기를 잡기 위해 필사적으로 노력했다. 그런데 거짓말처럼 학생 하나가 옥상에서 떨어져 죽었다. 영한을 괴롭힌 패거리 중 하나였다. 이후 영한과 관련된 아이들이 차례차례 죽어 갔다.

소문에 의하면 죽은 영한이 그들을 옥상으로 유인해서 밀쳤다고 했다. 반장도 예외는 아니었다. 온몸이 뒤틀어진 영한이 피를 토하면서 매섭게 노려보는데, 자신도 곧 죽을 것 같은 생각이 들었다고 했다. 학교가 떠들썩했다.

명신재단의 힘은 엄청났다. 사람 다섯이 죽었는데, 학교 밖에서는 아무도 몰랐다. 응급차와 경찰차가 올 때도 사이렌이 울리지 않았다. 경찰도, 국가 기관도 이 문제를 해결해 주지 않았다.

음습한 기운이 가득한 학교에 무당이 왔다. 교장과 선생들은 학생들에게 자습을 시켜 놓은 채 무당 뒤만 졸졸 따라다녔다. 무당은 4반 교실에 마가 끼었다며 소금을 뿌렸고, 얼굴을 일그러트리며 괴이한 표정도 지었다.

"기운이 안 좋다…. 이거 봐라. 방울이 심하게 떨리는 거 보이지? 여기가 원흉이네. 새파랗게 어린 새끼들이 못된 짓을 참 많이 했네. 쯧쯧쯧…."

무당은 눈을 까뒤집으며 방울을 마구 흔든 뒤, 이수철과 지정호 그리고 교장을 손가락으로 가리켰다.

"이히히히히히… 여기 있는 애새끼랑 너랑 너…
다음에 죽을 차례야…. 보인다 보여…. 고것이 학교를
기어 다니며 다음 먹이를 노리고 있어. 이히히히히…."

무당이 옥상을 가리키자, 모두의 시선이 그곳을
향했다. 영한이 머리에 피를 흘리며 자신들을 내려다
보고 있었다. 학생들은 공포에 떨며, 자신들이 영한에
게 어떻게 대했었는지를 떠올렸다.

무당이 옥상으로 올라갔다. 이번에는 아무도 따
라가지 않았다. 모두가 무당이 영한을 옥상에 가두길
간절히 바랐다. 교장의 해결 방식이 이성적인 건 아
니었지만, 이 무당이라면 학교를 뒤덮은 공포를 씻어
줄 것 같았다.

드디어 무당이 영한을 옥상에 가두고 출입문에
부적을 붙였다. 많은 이들이 공포로부터 벗어났다는
생각에 환호하고 좋아했다.

하지만 무당은 끝나지 않았다며, 혀를 찼다.

"쯧쯧. 안심할 게 아니야. 이제부터 시작이니까."

무당은 옥상에 절대 들어가지 말라고 했다. 출입문의 부적 또한 손대지 말라고 했다. 부적이 떨어지는 순간, 봉인이 풀리며 귀신이 다시 날뛸 것이라 했다. 교장은 곧바로 '절대로 고등학교 본관 옥상 문을 열지 마시오'라는 규칙을 만들었다.

"살고 싶으면 이것만 지켜. 저것이 죽은 지 49일이 되는 날에 사십구재를 치러 줘야 해. 본래는 저승의 절차를 따라야 하지만… 보아 하니 악귀가 될 팔자야. 사람 죽이는 귀신 말이지. 사십구재 때, 또래의 남자아이 하나를 귀신에게 바치고 제를 성대하게 치르도록 해라. 그러면 옛날에 있던 원한은 다 잊고 1년은 옥상에서 조용히 지낼 거다. 이히히히히…. 그리고 매년 제사 때마다 또래 남자아이를 하나씩 바쳐야 해. 잊지 말어…."

학교는 난리였다. 도대체 산 제물을 어떻게 구하란 말인가? 교장과 선생들이 교무실에 모여 머리를 싸매는 사이, 학생부장이 문을 벌컥 열었다.

문화류씨

"교장 선생님, 지금 양운고등학교에서 문제아 하나가 사고를 쳐서 전학 갈 곳을 찾고 있다고 합니다. 때마침 주위에 받아 주는 학교가 없어서 곤란한 상황이라는데… 어떻습니까?"

교장의 동공이 커졌다.

"알아보니, 집안도 어렵고… 모친이 생계 때문에 아들에게 신경을 많이 못 쓴다고 합니다. 가출을 핑계로 사라져도…."

✝

원일은 교장을 비롯한 선생과 학우 들이 문화제를 핑계 삼아 자신을 귀신의 제물로 바치려고 했다는 사실에 소름이 돋았다. 원일이 수철에게 농담 삼아 했던 말은 진짜였다. 영한의 이야기를 들으니 자신이 겪었던 일이 떠올랐다.

이전 학교에서 종규란 녀석이 학교 폭력을 당했었다. 주먹 좀 쓰는 놈들의 샌드백이자, 누르면 간식이 나오는 자판기였다. 무엇보다 그놈들의 장난감일 때가 많았는데, 더러운 것을 먹이거나 위험한 일을 시켰다. 그러나 아무도 그들에게 분노하지 않았다. 자기만 아니면 그만이었다.

남의 일에는 관심이 없던 원일이었지만 놈들이 종규의 목에 칼을 댔을 때, 그간 참았던 분노가 폭발했다. 순식간에 다섯이나 되는 놈들을 두들겨 팼다. 그중 하나가 경찰을 불렀고, 일은 걷잡을 수 없이 커졌다. 경찰서로 연행된 원일은 놈들이 종규에게 저질렀던 일들에 화가 나서 때렸다고 했다. 이에 종규도 함께 조사를 받았다.

"괴롭힘 당한 적 없어요. 우리끼리 장난친 거예요. 저 새끼가 갑자기 애들을 때린 거란 말이에요."

이후 원일의 엄마가 찾아와서 맞은 아이의 부모와 선생 들에게 고개 숙여 사과하고 무릎 꿇고 빌어서 구치소행은 면했다. 하지만 전학을 갈 때까지 종규는

볼 수 없었다.

"여기나 저기나 비열한 새끼들…."

반장은 이게 모두 수철 때문이라며 투덜댔다. 이 모든 일은 녀석이 영한을 배신했기 때문에 벌어진 거라고…. 그 말을 들은 원일이 반장의 뺨을 내리쳤다.

"헛소리 그만하고, 강당에나 가 봐."

원일은 수철부터 찾기로 했다. 녀석의 과거가 어떻든 사람 목숨만큼 귀한 건 없었다. 옥상이 있는 건물 위층에서 수철의 비명이 들려왔다.

"오지 마…. 오지 마…. 오지 마!"

녀석은 귀신에게 쫓기고 있었다. 영한은 수철을 옥상 끝으로 몰았다. 원일이 옥상 문을 열었을 때, 수철은 구석으로 내몰려 울고 있었다. 수철은 온몸이 뒤틀린 영한에게 무릎을 꿇고 빌었다.

"제… 제발 살려 줘…. 그때는 나도 따돌림 당하는 게 너무 힘들어서 그랬어. 미안해…. 미안해…."

영한이 망설이는 눈치였다. 원일이 재빠르게 그들 사이로 뛰어들었다.

"네가 영한이지…? 다 알아… 모두 들었어."

원일을 마주한 영한은 갑자기 서럽게 울어댔다.

"내가 어떻게 여기까지 올라왔는지… 너는 알지…? 너는 나를 이해하잖아?"

영한의 눈물을 본 원일은 지난 학교에서의 서러움과 분노가 교차했고, 영한이 얼마나 고통스러웠을지도 공감했다.

"영한아, 네가 이런다고 문제가 해결되는 건 아니잖아. 그놈들이랑 똑같아지고 싶은 거야? 수철이 놓아줘…."

문화류씨

영한이 한 걸음 물러서자 수철이 옥상을 빠져나
갔다.

"고맙다…."

원일이 영한의 어깨를 다독였다. 모든 것이 해결
됐다고 생각한 그때, 옥상 문이 닫혔다. 문 밖에서 요
란한 웃음소리가 들렸다.

"으히히히히히… 이렇게 된 거, 귀신 놈의 사십
구재까지 함께 있어라."

무당의 목소리였다. 원일은 문이 부서져라 두드
리며 손잡이를 돌렸지만 소용없었다. 영한이 원일을
도와주려고 문고리를 잡았지만, 그대로 몸이 녹아내
렸다.

문 밖에서 반장의 목소리가 들렸다.
"수철이를 왜 네 옆에 계속 붙여 뒀겠냐? 수철이
너무 믿지 마라. 한 번 배신했는데, 두 번은 못할까."

연이어 수철의 조롱 섞인 말투가 들렸다.

"제물이다… 제물이다… 제물이다!"

건물 아래서 그들을 지켜보던 학생과 선생 들은 종이 울리자, 언제 그랬느냐는 듯 모두 교실로 돌아갔다.

영한의 사십구재 날, 옥상에서 원일의 비명이 들렸다. 명신고등학교에 있는 교장을 비롯한 선생과 모든 학생들이 밖으로 나와 옥상을 향해 절을 올렸다.

"귀신님이시여… 이 제물을 그대에게 받치나니 노여움을 푸시옵소서…. 저희의 잘못을 용서하고, 이 제물로써 부디 화를 푸시옵소서…. 내년에도 실한 전 학생을 비치오리다."

문화류씨

홍지운

영화배우 김꽃비의 팬. SF 작가. 본명 홍석인. 오랫동안 필명 dcdc로
활동해 왔다. 『무안만용 가르바니온』으로 제2회 SF 어워드 장편
부문 대상을 수상하였으며, 『구미베어 살인사건』과 『월간주폭
초인전』 등 여러 권의 단편집을 냈다. 『근방에 히어로가 너무
많사오니』, 『우리가 먼저 가볼게요』, 『이웃집 슈퍼히어로』, 『냉면』,
『괴이, 도시』 등 다수의 앤솔러지에 작품을 실었으며, '덴마 어나더
에피소드'(전 3권)와 『호랑공주의 우아하고 파괴적인 성인식』 등의
장편소설을 작업한 바 있다. 2020년 현재 청강문화산업대학교에서
만화콘텐츠스쿨 교수로 재직 중이다.

그래. 왜. 나 손 안 씻고 나왔다. 어쩔 건데. 뭐? 교칙? 야. 세상에 교칙 같은 거 신경 쓰는 애들이 우리 학교 학생들 말고 또 어딨냐? 몰라. 난 이제 절대 화장실에서 손 안 씻어. 적어도 이 개 같은 학교에서는 절대 그럴 일 없을 거다.

왜 이렇게 화를 내냐니. 너 인마, 들어 봐. 너 2반 갔지만 걔들 알지? 5반에서 나랑 노는 애들. 밥만보랑 개깝츄. 얼마 전에 그 또라이들이랑 이런 일이 있었거든.

하굣길이었어. 걔들이랑 김밥천사에서 떡볶이랑 라면에 김치찌개 그리고 김밥 세 줄 비우고 나오는데 밥만보 이 덩어리 같은 게 이딴 소리를 내뱉은 거야.

"야. 너네 우리 학교에 이상한 교칙 있는 거 알구 있냐. 그거 하나라도 어기면 큰일 난대."

"야. 어느 학교나 교칙이란 교칙은 다 이상해."

개깝츄는 평소처럼 개깝쳤지만 밥만보는 평소와 달리 개깝츄가 개깝치는 걸 무시하더라고. 평소 같았으면 또 그 큰 엉덩이로 깝츄를 들이박았을 텐데.

"아냐. 그건 네가 교칙을 잘 안 봐서 그런 거구. 게다가 이 교칙 내용은 선배들도 쉬쉬하는 거라구."

"교칙인데 왜 쉬쉬하냐? 너 바보냐?"

내 질문에 개깝츄는 밥만보가 바보인 거 이제 알았느냐는 눈빛으로 날 바라보았지. 우리 둘 다 밥만보가 밥 얘기할 때 말고는 이렇게 진지한 표정을 짓는 걸 처음 봤거든.

"아니라구. 내가 들었던 것만 말해 볼까? 소각장에서 편지 태우지 말기."

"소각장에서 몰래 서류 폐기하는 걸 막으려는 게 와전된 거지."

홍지운

"절대로 고등학교 본관 옥상 문을 열지 말고, 누군가가 말을 건다면 절대 대답하지 않기."

"거기가 담배 스폿이니까 그렇겠지. 다들 숨어서 몰래 담배 거래하잖아. 괜히 거래 트지 말라는 거야."

"해가 저문 뒤 중앙 계단의 거울을 보지 않기."

"밤에 학교에 남아 있지 말라는 거잖아."

밥만보가 계속해서 분위기를 음산하게 만들려고 했지만 개깝츄 앞에서는 아니 될 일이었다. 너도 알잖아. 똑같은 괴담을 말하더라도 무섭게 말하는 사람이 있고 우습게 말하는 사람이 있다는 거. 밥만보는 분명 우습게 말하는 사람이었지. 아니, 그 밥밖에 모르는 인간이 무슨 이야기를 한들 무섭겠어? 급식 메뉴가 콩국인 거?

"한밤중에 설립자 동상 앞에 서지 않기!"

밥만보는 어떻게든 우리를 무섭게 만들겠다는 듯 교칙 중 그나마 으스스해 보이는 걸 읊었지.

"거기서 선배들이 떡 치다가 찍힌 거 아니냐? 거

기가 커플들 핫플레이스여서 그런 거 같은데."

하지만 개깝츄 깝이 어디 가겠어? 밥만보 머리로
는 우리 학교의 교칙이 이상하다는 것을 증명하기 어
려웠지. 그보다는 개깝츄가 사람한테 면박 주는 게 취
미인 탓도 있을 테고.
나는 그때도 중립의 입장에서 두 놈들 떠드는 꼴
을 지켜만 보았지. 그렇잖아. 재미없고 따분한 주제였
다고. 하지만 나의 그런 태도에 배알이 꼴렸는지, 개
깝츄는 나한테까지 시비를 털더라고.

"야! 꼴았파덕! 너 쫄았냐?"
"내가 왜 쫄아?"
"아닌 거 같은데… 쫀 거 같은데… 너 밥만보가
한 이야기가 무서운 거 아니냐?"

개깝츄는 내 주변을 빙글빙글 돌면서 계속 약을
올리더라고. 개깝츄 놈. 언제 한번 개깝치다가 개맞아
봐야지.

"안 쫄았어. 그런 괴담 믿지도 않고."

홍지운

"에이. 목소리가 떨리는데?"

"아니라니까. 난 그런 거 안 무서워."

"진짜? 확인해 볼까?"

"아니야. 그러지 마! 이거 진짜 무서운 거야! 나 아는 선배의 언니도 3년 전 졸업생인데 교칙 어겼다가 죽을 뻔했다고 들었다구."

밥만보는 미련을 버리지 못하고서 다시 우리를 겁주려고 했지.

"쫄았파덕 표정 좀 봐! 또 쫄았어! 넌 임마 이제부터 쫄았파덕이다."

개깝츄는 계속해서 날 놀리려고 들었고.

"야. 내가 한다. 나 하면 너희들 다 닥칠 거지?"

그래. 그때 밥만보랑 개깝츄 둘 다 딱 지금의 너 같은 표정을 짓더라. '네가? 담력 시험을 하겠다고?' 하는 그 표정. 내가 그 표정을 봤을 때 얼마나 통쾌했는지. 나는 당당하게 밥만보를 향해 손을 내밀었지.

"야. 학생 수첩 줘 봐. 거기에 적힌 교칙 아무거나 하나 내가 어겨 볼게."

밥만보는 주저하면서도 주머니에서 학생 수첩을 꺼내 들더군. 겁이 나면서도 교칙을 어긴 사람이 무슨 꼴을 당하게 되는지 호기심이 생긴 모양이었어. 나는 홱, 하고 밥만보의 손에서 학생 수첩을 빼앗은 뒤 어느 교칙을 어겨 볼지 곰곰이 궁리했지. 어떤 걸 할까. 어떤 벌을 받아 볼까.

"…좋아. 이거 어긴다."

밥만보와 개깝츄는 내가 고른 교칙이 무엇인지 궁금해 죽겠다는 듯이 내 손에 들린 학생 수첩을 바라보았어.

"더럽구 못 배운 새끼."
"너 진짜 나가 죽어라."

그래. 내가 어기기로 한 교칙은 그거였어. '화장실에서 볼일을 본 뒤에는 반드시 손을 씻으시오.' 뭐야?

홍지운

넌 또 왜 그런 눈으로 날 보냐? 내가 얼마나 용기를 내서 저지른 일인지 알기는 해?

✝

. . . .
콰르르르.

문명의 소리가 문명의 공간 안에서 울려 퍼졌어. 그래. 운명의 그 순간이다. 나는 밥만보와 개깝츄를 데리고 학교로 돌아갔어. 그러고는 그날 치의 분비물을 변기 안에다 쏟아 내었지. 밥만보와 개깝츄는 화장실 벽에 기대서는 내가 일을 다 치르기를 기다리고 있었고. 충직한 놈들.

나는 당당히 두 손을 들고는 세면대를 지나쳐 화장실 문을 발로 밀고 나갔어. 위대한 승전보였지.

"봤냐."
"쫄보."
"보긴 뭘 봐, 이 똥쌌파덕아."

나의 위업에도 불구하고 관중들은 나를 폄하하더군. 뭐. 손 좀 안 씻고 나올 수도 있는 거지. 너 그거알아? 결벽증 때문에 무균지대에서만 살면 오히려 면역력 약해져. 사람이 지저분하게 사는 게 더 건강한거야. 뭐? 개소리라고? 근데 난 이렇게 건강한데? 그래. 그때 그놈들도 딱 너처럼 굴더라고. 그래서 내가어떻게 했는지 알아?

　　"에비."
　　"아! 꺼져! 똥 묻는다구!"
　　"뒤져라, 이 불결한 자야!"
　　"에비."

　　내가 그놈들 옷에 손을 닦으려고 하니까 화들짝놀라서는 도망가기 급급하더군.

　　"하하, 누가 겁쟁이인지 이제 다 나왔지?"
　　"이 도른자야!"
　　"무서워서 피하냐? 더러워서 피하지!"
　　"뭐래, 쫄보들이. 꼬우시면 님도 용기를 증명해보이시던가."

침묵이 흘렀어. 어. 그래. 밥만보와 개깝츄는 머릿속에서 이런저런 궁리를 하는 모양이더군. 그리고 내린 결론은 또라이 두 놈 다 같았지.

"있어. 너 딱 있어. 나 바로 싸고 온다."
"나도 간다. 기다려라."

밥만보와 개깝츄는 순서를 다투듯이 화장실로 들어갔어. 두 똥싸개들이 똥을 싸는 동안 나는 폰으로 퍼즐게임을 굴려 가며 저들보다 먼저 쟁취한 자의 여유를 만끽했지.

뭐? 왜? 끼리끼리 논다니. 군자는 군자를 알아보는 법. 우리는 그 순간 위반과 저항을 즐기는 투사들이었다고.

어쨌든 내가 폰 게임에서 두 판 이겼을 쯤인가? 쾅, 쾅, 하고 밥만보와 개깝츄가 물기라고는 하나 없는 양손을 든 채 발로 화장실 문을 차며 나오더군. 얼굴에는 한가득 의기양양한 표정을 짓고서 말이야.

"에비."
"에비에비."

"에비비."

나는 화장실에서 갓 나온 밥만보의 옷에 내 손을
닦았어. 그러자 밥만보는 개깝츄의 옷에 손을 닦았고.
개깝츄는 나의 옷에 손을 닦았지.

"에에비."
"개에비."
"후레에비."

우리는 낄낄 웃으면서 서로의 옷에 손을 문대기
를 반복했어. 아마 물과 비누로 닦은 것보다도 더 깨
끗해졌을 거야. 하도 옷에다 손을 문대서.

"니들 머 하는데! 교실 안 오나! 퍼뜩 들와라!"

우리의 이런 장난질은 마쌘이 난입하면서 끝이
났지. 너네 반에는 마쌘이 수업 안 들어가지? 마산 토
박이라며 사투리만 쓰는 그 꼰대. 우리 학교에서 경상
도 사투리를 쓰는 사람은 그 인간이 유일하지. 하여튼
젠장. 그땐 일이 이렇게 흘러갈 줄은 몰랐다. 진짜.

홍지운

다음 날이었어. 밥만보가 잔뜩 겁을 줬지만 전날 하교하고 또 등교하기까지 아무런 일도 일어나지 않았지. 당연한 일이잖아? 화장실에서 볼일을 보고 손 좀 씻지 않았다고 도대체 무슨 일이 일어나겠어? 하지만 꼭 그렇지만도 않았지. 학교에 갔을 때 어제와는 다른 것이 하나 있었거든.

"어? 밥만보 왜 안 오냐?"
"몰라. 톡은 보내 봤어?"
"답 없던데. 겜 접속도 안 했다고 떠."
"뭐지?"

개깝츄와 나는 밥만보가 언제 학교에 올지 기다렸지. 궁금하잖아. 왜 연락이 안 되는지. 게다가 그날은 급식으로 스파게티에 요구르트까지 나오는 날이었어. 밥만보가 이번 학기에 문제를 일으키지 않은 이유는 이날의 메뉴 덕분이었다고 해도 과언이 아니야. 놀라지 않을 수 없었다고. 하지만 우리가 놀라든 무시하든 그러거나 말거나 금세 조례를 할 시간이 되었어.

"어. 출석 부른데이."

마쌘은 여느 때처럼 조례 5분 뒤에야 느릿느릿 교실 안으로 들어왔지. 다음으로는 한껏 게으른 템포로 출석부에 적힌 이름을 불러 나갔고. 그때 나와 개깝츄는 또 한 번 놀라고 말았어. 담배를 피우든 피방에서 밤을 새우든 네 인생 네가 조지는데 내가 뭐 어쩌겠느냐는 태도로 일관하는 마쌘이지만 출석만큼은 칼 같잖아. 야자만 쨰도 난리고. 근데 그 인간이 자연스레 출석부에서 밥만보의 이름을 부르지 않고 다음으로 넘어가더라고. 왜 안 왔느냐고 생판 모르는 애한테 따지거나 전화부터 박고 보지도 않고.

"선생님. 밥만보 출석 안 부르셨는데요."
"어. 금마 어머님한테서 금마 아파 뒈진다꼬 전화 왔다. 병결이다. 느그들은 신경 꺼라."

밥만보가? 아프다고? 물리적으로 그게 가능한 일일까? 그 덩어리 같은 놈, 예전에 야자 쨰고 담 넘어

홍지운

서 송화반점 가다가 차에 치였을 때도 벌떡 일어나서
는 배고프다고 짜장면부터 찾은 놈이었다고.

뒤를 돌아보니 개깝츄가 놀란 눈으로 나를 바라
보고 있었어. 우리는 일단 1교시 수업부터 끝나기를
기다려야 했지.

†

"야. 밥만보 아직 답 없지?"
"응. 폰도 계속 꺼져 있어."

다음 쉬는 시간이 되자 우리는 잠시 복도로 나가
상황을 파악하려고 했어. 아무리 시간이 지나도 사라
지지 않는 단톡방의 1이라는 숫자가 기분을 묘하게
만들더라고.

잠시 침묵이 흘렀어. 그저 서로를 바라보았지.
5초 정도. 긴장과 공포 속에서 상대방의 동공이 흔들
리는 것을 확인했어.

"푸하하하!"

"와, 진짜 우리 뭐 하는 거냐? 야, 너 얼마나 쫄 거야?"

"네가 할 소리냐? 아주 비명 지르기 일보 직전이더니만."

웃었지. 엄청 웃었어. 아니. 말이 안 되잖아. 화장실에서 볼일 보고 손 한 번 안 씻었다고 저주를 받는다는 건. 그런데 상황이 그럴싸하게 흘러가니까 이게 또 재밌잖아. 안 그래?

"됐으니까. 이따 밥만보네 집이나 잠깐 들르자."

"왜? 병문안이라도 가게?"

"돌았어? 걔가 내 닌텐도 빌려 갔단 말야. 병균 더 묻히기 전에 다시 빼앗아 와야지."

"미친."

홍지운

✝

"미친."

나와 개깝츄는 낮에 약속한 대로 밥만보네 집으로 갔어. 사실 학교에서 보고 피시방에서 보고 그러니, 친구네 집에 놀러 가는 일은 초등학교 때 이후로 거의 하지 않았었는데 말이야.

하지만 우리는 가자마자 문전박대를 당하고 아파트 엘리베이터로 돌아가야 했지. 밥만보는 보지도 못하고. 닌텐도는 돌려받지도 못하고. 우리가 초인종을 눌렀을 때, 밥만보네 어머니는 문도 열지 않으시고 인터폰으로만 '애 아프다. 집에 돌아가라' 하면서 탁 끊으시는 거야.

"가라."
"오야."

결국 나와 개깝츄는 또 찜찜한 기분으로 아파트 단지를 나와야만 했지. 밥만보 병문안을 핑계로 야자

마저 쨌는데 뭐 할 만한 것도 떠오르지 않더라고. 당
구장이든 피시방이든.

†

다음 날에도 밥만보는 학교에 안 왔어. 그날 급식
메뉴는 콩나물밥이었으니까. 밥만보는 몸이 다 나았
을지언정 일부러 안 왔을지도 모르는 날이기는 했어.
하지만 어찌 되었든 여전히 폰은 꺼 놓은 채였지.

이상한 건 밥만보나 밥만보의 꺼진 폰만이 아니
었어. 학교에 온 개깝츄가 창백해진 낯빛에다 몸은 한
껏 웅그린 채로 멍하니 입을 벌리고 앉아 있더라고.
교장 앞에서조차 탈모약 운운하면서 깝치던 그 녀석
이 말이야. 이상하잖아.

"마. 너 왜 그래?"

나는 의아해서 그놈 옆자리에 앉아 물어보았지.

홍지운

"야… 꼴았파덕."

"왜 목소리는 또 깔어?"

"넌 어제 집에 가는 길에 아무 일도 없었냐?"

"아무 일?"

개깝츄는 가증스럽다는 듯 나를 째려보더라. 내가 개한테 뭐 한 것도 없었는데 말이지. 나는 이렇게나 끔찍한 일을 겪었는데 너는 왜 그렇게 아무렇지도 않느냐는 투의, 짜증과 분노가 섞인 표정이었어.

아무튼 나로서는 억울하기 짝이 없는 노릇이었지. 내 잘못이라고는 그냥 전날 집으로 돌아가서 밥 먹고 잔 게 전부였잖아. 그래서 나는 어처구니도 없고 해서 왜 그렇게 까칠하게 구느냐고 따졌지. 어제 돌아가는 길에 무슨 일 있었느냐고도 물어보고. 하지만 개깝츄는 한사코 대답하길 거부하면서 말을 돌리고 모른다는 말만 반복하는 거야. 사람 속 터지게.

"야. 꼴았파덕."

"뭐?"

"너 하굣길에…."

"하굣길에 뭐?"

"휘파람 소리라거나 그 비슷한 게 들리면 뒤돌아보지 마라. 그냥 앞만 보고 뛰어."

개깝츄는 대뜸 영문도 모를 충고만 하나 하고는 고개를 숙여 책상에 얼굴을 묻어 버렸지. 나는 답답해서 억지로 그놈을 일으키고는 추궁을 했어. 얘가 이상한 소리만 자꾸 하는데 그럴 만도 하지 않아?

"뭐?"
"젠장. 아무튼 난 전했다. 이젠 내 책임이 아니야. 네가 알아서 해. 난 모르니까."
"뭐라는 겨. 이게 어제 뭘 잘못 처먹었나…."

깝츄는 질린다는 듯, 짜증을 팍팍 내면서 다시 고개를 책상에다 묻어 버렸어. 그 얄미운 뒤통수만 보이도록 말이야. 그러고는 종일 입을 꾹 다물고 아무 말도 하지 않고 하루를 보내다 수업이 다 끝나자 마싼에게 애원하다시피 해서 야자를 빼고 집으로 가더라고. 조금이라도 어두워지기 전에 빨리 집으로 돌아가야 한다는 듯이.

홍지운

✝

　결국 야자를 마칠 시간이 되고 나는 혼자 터벅터벅 교문을 나섰어. 밥만보도 개깝츄도 학교에 없으니 어쩔 수 없는 노릇이었지. 수위 아저씨랑 주먹 인사만 하고 신호등으로 갔지. 아저씨는 또 게슴츠레한 눈으로 날 보더라고. 수위가 할 일이 그렇게 없나? 어쨌든 오랜만에 혼자 하는 하교였어.

　'휘파람 소리가 들리기 시작하면 뒤를 돌아보지 말라고? 바로 뛰기 시작하라고? 웃기지도 않는다.' 그때 나는 이렇게 생각하는 동시에 '와. 무서운데?'라고도 생각했지.

　아니, 보라고. 아까 말했듯이 밥만보는 똑같은 농담이나 괴담을 해도 웃기지도 무섭지도 않게 하는 놈이라고 했지만, 개깝츄는 밥만보와 달리 웃긴 이야기를 해도 웃기게 말하고 무서운 이야기를 해도 무섭게 말할 줄 아는 인간이잖아.

　게다가 너도 알지? 우리 집 완전 골목에 있는 거. 늘상 걷는 골목이라 한 번도 이상한 느낌이 들지 않는데, 그날은 묘하게 길 곳곳에 어두운 부분들이 눈에

밟히고 거리의 소음 역시 생생하게 들리고 그러더라. 아마 휘파람이나 그 비슷한 소리가 들리지 않을까 노심초사하며 겁을 먹은 탓이었을 거야.

나는 천천히 걸었어. 뭐가 튀어나와도 놀라지 않게. 내가 뭘 놀라게 하지도 않게. 조심스럽고 신중하게 발걸음을 한 걸음 또 한 걸음씩 옮겼지.

바로 그때였어.

이이이이이.
이이이이이이.
이이이이이이이이이.

어떤 소리가 들려오기 시작한 거야. 확실히 말하건대, 휘파람 소리는 아니었어. 하지만 생전 처음 들어 보는 소리라 휘파람에 비교할 수밖에 없는 그런 소리였어.

말하자면 어디엔가 갇힌 누군가가 어떻게든 그 사이를 비집고서 무언가를 전달하기 위해 흘린 신음처럼 느껴지는 소리였다고.

나는 주변을 살피면서도 뒤는 돌아보지 않았어. 개깝츄가 그러지 말라고 했으니까.

홍지운

이이이이이.

이이이이.

이이이.

소리는 조금씩 잦아들었어. 나는 이 변화를 어떻게 받아들여야 할지 모르겠더라. 주변을 배회하던 무서운 것이 이 근처를 떠났다는 신호일까? 아니면 반대로 지금이라도 도망을 쳐야만 한다는 신호일까?

일단 뛰었어. 고민해 보니까 둘 중 어느 쪽이더라도 내 결론은 하나겠더라고. 1초라도 빨리 그 자리에서 도망치는 것. 나는 달리고 또 달려서 곧장 집으로 향했어. 식은땀으로 범벅이 된 채 침대에 뛰어들어 먹는 것도 씻는 것도 까먹고서 잠들고 말았지.

✝

"야. 어제 그거는 뭐야?"

"…봤냐?"

"못 봤어. 개깝츄, 네가 경고했던 대로 뒤도 돌아

보지 않고 도망쳤어. 도대체 그 이상한 소리는 뭔데?"

그다음 날도 밥만보는 학교에 오지 않았어. 마싼 말로는 밥만보가 심각하게 아프다고 연락이 왔다고만 했어. 어디가 어떻게 아픈 것인지 아무리 캐물어도 마싼은 말을 돌리기만 했지.

나는 쉬는 시간이 되자마자 개깝츄를 끌고 복도로 나가서 도대체 무슨 일인지 추궁했어. 그런데 개깝츄, 이 돌아 버린 인간이 듣는 사람도 돌아 버리게 말을 자꾸 돌리는 거야.

"그건… 난….…"
"네가 뭐?"

개깝츄는 양손을 들어 얼굴을 파묻고는 신음하듯이 소름 돋는 한마디를 내뱉었어.

"봤어….…"

개깝츄는 무엇을 봤는지에 대해서는 아무런 이야기도 하지 않았어. 내가 계속해서 그놈을 추궁하고

홍지운

또 추궁해도 말끝을 흐리기만 했지. 나는 그때 답답하고 무서워서 진짜 개깝츄가 답을 하지 않으면 창밖으로 던져 버려야겠다 싶을 정도였어.

개깝츄는 자기가 생각해도 그렇게 말해서는 아무런 설명이 되지 않는다는 것을 알고 있었지. 지금 와서 생각해 보면 그놈도 아무 생각이 없었던 게 아닌가 싶어.

"꼴았파덕. 이따 수업 끝나면 따라와. 내가 너한테 소개시켜 줄 사람이 있어."

"개깝츄, 너 진짜 자꾸 깝칠래? 설명을 하라니까 뜬금없이 무슨 소개야?"

"나도 몰라. 나도 모르겠어서 이러는 거야."

"그럼 소개는 왜?"

"뭘 아는 것 같은 사람을 한 명 알고 있어. 거기로 가자."

✝

"저는 전문가가 아니에요. 어제도 말씀드렸잖아
요."

"하지만 넌 무슨 일이 일어난 건지 알잖아. 제발
사람 한 명, 아니, 세 명을 살린다고 생각하고…"

"아닌 건 아니라는데도 그러시네."

수업 시간이 끝난 뒤 개깝츄는 나를 미술실로 데
려갔어. 알지? 우리 학교는 예체능을 준비하면서 입
시 학원에 가기 애매한 저학년들을 위해 미술부 지원
이 크게 잡힌 거.

그곳에 가니 1학년 하나가 미술실 문 앞에 서 있
더군. 개깝츄를 기다리고 있는 모양새였어. 개깝츄
는 말없이 1학년을 불러다가 옆 교실로 끌고 갔어. 그
1학년은 무슨 비구나라도 되는 것처럼 머리를 민 애
야. 뭐야, 너도 본 적 있어? 하여튼 빡빡머리에 어떻게
교복을 개조했는지 짐작도 가지 않게 착 달라붙는 짧
은 치마까지, 내가 여태까지 걔를 왜 몰랐나 싶은 그
런 애였어.

"그래서요. 무슨 교칙을 어기셨다고요?"

"화장실에서….'"

"화장실에서?"

"볼일을 본 뒤에 손을 안 씻었어."

"맙소사. 최악이네."

1학년은 살짝 뒤로 물러나 우리와는 거리를 두었어. 무척이나 불경한 것과 거리를 두려는 사람처럼 말이야. 다음으로는 주머니에서 한자가 잔뜩 적힌 수첩을 꺼내고는 갑작스레 질문을 던지더라.

"선배님들, 생년월일시 좀 가르쳐 주세요. 가급적 시까지요."

우리는 1학년의 질문에 고분고분 답했어. 나는 내가 몇 시에 태어났는지는 기억을 못 해서 엄마한테 톡으로 나 언제 태어났는지 물어보기까지 했고. 개깝츄에게는 그 시간이면 자시와 축시 사이 경계인데 정확히 알 필요가 있다면서 이런저런 질문을 던지고는 자시가 맞겠다고 확인까지 해 주었지. 무슨 점집에서 보살님이랑 대화하는 것 같았다니까.

"돼지는 잠들었는데 쥐가 숨고 닭이 운다. 어쩌면 이렇게 엉망이람? 개라도 없어요? 없겠네. 개라도 있었으면 이렇게까지 되지는 않지. 아예 호랑이가 있으면 이야기가 달라졌을 테고."

"무슨 소린지…."

"아, 그런 게 있어요. 선배님들이 들은 소리가 휘파람 같았다고 했죠?"

나와 개깝츄는 치과에 간 꼬마처럼 말없이 고개만 위아래로 끄덕였어. 1학년은 갑자기 자리에서 일어나 교실 창문을 다 닫기 시작했어. 우리에게 눈짓으로 신호해서 우리도 그걸 도왔고.

1학년은 나나 개깝츄가 닫은 창문을 다시 한번 확인한 뒤에야 우리 둘을 자기 앞에다 앉히고 이야기를 시작했어. 여전히 아주 무서운 낯빛을 하고서는 말이야.

"이이이, 이이이이."

"엇!"

"놀라셨다면 죄송해요. 하지만 선배님들 반응을 보아 하니 이런 소리를 들으셨던 것 같네요. 맞죠? 휘파람 소리는 아니지만 휘파람 소리와도 같은."

"그래. 그거였어."

"골치 아프네…."

1학년은 조심스러운 태도로 자기소개를 시작했어. 자기는 결코 전문가가 아니며 어디까지나 아마추어에 불과하다고. 기연을 얻어 흉한 것들을 가늠하는 코와 눈이 트이기는 했지만 이들을 붙잡을 손은커녕 달래 줄 목소리조차 트이지 못했다고 하더군.

그러다 등굣길에 잔뜩 위축이 된 개깝츄를 보았는데, 아무래도 단단히 홀렸는지 아주 지독하게 구린내를 풍기더라는 거야. 다른 때라면 그냥 모른 척하고 지나쳤을 텐데 눈에는 아무 것도 보이지 않고 구린내만 나니까 흉한 것 때문이 아닐 수 있겠다고 생각하고 말을 걸었대. 괜찮느냐고.

당황한 개깝츄가 놀란 눈으로 엉엉 울기 시작하니, 그제야 개깝츄의 왼손에 묻은 흉한 것들이 보이더래. 그때도 그냥 지나쳐야만 했는데 실수로 '아니, 어디서 20년은 묵어 보이는 거한테 잡혀서…'라는 한마디를 탄식과 함께 흘려 버리고 말았고.

자기를 살려 줄 동아줄이 어디 없나 찾아 헤매던

개깝츄가 이 한마디를 놓칠 리가 있겠어? 개깝츄는 아주 죽어라고 그 1학년에게 달라붙어 자기 좀 살려 달라고 빌었대. 1학년은 그냥 도망치라고만 말했는데 이제 그걸로는 해결할 수 없는 단계가 된 것처럼 보이기도 하고 자기도 여기까지 온 마당에 모른 척 지나치면 또 업보가 쌓이게 될 거라 며칠, 아니 몇 시간이라도 시간을 벌어 주기로 결심했대.

다음으로 1학년은 우리가 처한 상황에 대해 설명해 주었어. 너도 들어는 봤지? 밤에 피리를 불거나 휘파람을 불어서는 안 된다고. 그러면 뱀이 나온다고. 그게 대도시 한가운데라면 모를까 우리 학교처럼 흉한 곳에서는 농담이 아니래. 뭐가 나올지도 모른다는 거야. 진짜 뱀은 아니고, 아니, 진짜 뱀이나 이무기일 때도 있지만 심할 경우에는 뱀 같은 것, 뱀의 형태를 닮은 흉한 것들이 그 소리를 듣고 불려 나올 수 있대.

우리한테 붙은 것도 그 비슷한 거라고 하더라고. 뱀의 형태를 닮은 것, 뱀의 형태를 빌린 것들은 언제나 오물이 버려지는 곳에 모이기 마련이라는 거야. 우리 학교에는 특히 더 흉한 것들이 모여 있다고 하고. 그래서 화장실에 들른 뒤에는 반드시 손을 씻어서 그 흉한 것들이 몰래 묻힌 냄새를 지워야만 하는데, 우

홍지운

리는 미처 그러지 못해 먹잇감이 되었다는 거지. '이이이이' 하는 소리는 그 흉한 것이 먹잇감을 보고 흥분해서 내는 소리였던 거고.

"그거 아세요? 가톨릭에서는 신자들이 성당에 들어가기 전에 성수를 찍어서 성호를 그리고는 해요. 간단한 절차지만 종교적인 정화 의식이라 할 수 있어요. 가톨릭만 그러지도 않아요. 밀교의 분파나 일본의 신토 등 다양한 종교에서 무언가를 씻는 행위는 강한 정화의 의미가 있거든요. 찾아보면 더 나올걸요? 애초에 침례교 같은 곳에서 세례 의식이 갖는 의미는 또 얼마나 유례가 깊던가요."

"하지만 밥만보는 몰라도 난 집에 간 뒤에 샤워했는데?"

"말씀드렸잖아요. 씻는다는 행위의 의미는 일상적인 행동이 아닌 종교적인 의식의 의미라고요. 뒤늦게 집에 가서 씻으셨던들, 아니, 어디 성당에 가서 축성을 받은 성수를 몸에 들이부으셨던들 이미 선배님들은 흉한 것들의 냄새를 풀풀 풍기고 다니고 계신다고요. 바로 씻지 못했던 나머지 독이 몸 깊숙한 곳에 파고들었어요. 주변의 물건에도 그 냄새를 묻히셨고요. 게다가 이제는 독이 그 안에서 썩어 들어가기까지 했는데 뒤늦게 겉만 씻는다고 해결될 문제겠어요?"

나와 개깝츄는 낙담한 나머지 고개를 푹 숙이고 1학년의 설명을 듣기만 했지. 도대체 이게 무슨 봉변이냐고. 화장실에 들렀다 손을 한 번 씻지 않았다는 이유만으로 이 무슨 흉흉한 저주를 받은 거냐고.

1학년은 길게 한숨을 쉬었어. 그러고는 낮은 목소리에 느린 가락으로 경전이나 주문일 것 같은, 알 수 없는 문장을 반복해서 되뇌었지.

"선배님들. 제가 지금부터 말씀드리는 방법은 어디까지나 임시방편에 불과해요. 제대로 수련하고 오랫동안 기도하신 분께서 살펴서도 해결될지 안 될지 장담할 수 없는 상황이니까요. 하지만 하루나 이틀 정도는 흉한 것들의 코를 속일 수 있을 거예요. 그러면 제가 그사이에 문주님을 모시러 가 볼게요. 워낙 신출귀몰한 분이라 연락이나 닿을지 장담하긴 어렵지만 그래도 최선을 다할 테니까요. 부디 주의해 주세요."

홍지운

✝

　1학년이 가르쳐 준 방법이라는 건 이래. 우선 냄새를 지우기 위해 식초를 댓 병 정도 사라고 했어. 다음으로는 어제 집으로 갔던 길과는 다른 길로 돌아가고, 골목을 꺾을 때마다 식초를 뿌리면서 흉한 것들이 내 냄새를 찾지 못하게 하라고 했어. 그다음으로는 부모님께 외박을 허락받고 짐들을 좀 챙겨서 찜질방으로 가라더군. 산속의 절간처럼 정갈한 곳이 가장 좋지만 거기까지 가기 어려울 때는 차라리 사람들이 많아 흉한 것들이 해코지하기 어려운 찜질방 같은 장소가 좋대. 게다가 찜질방에서는 큰 욕탕에 들어갈 수 있으니 몸 안에서 독이 썩어 가는 속도를 늦출 수도 있다면서.

　나는 1학년이 하라는 대로 다 했어. 엄마를 졸라 간신히 이틀 치 외박에 대한 허락도 받아 냈지. 밤이 된 뒤 동네 찜질방에 누우니 이게 참 무슨 일인가 싶더라. 탕에 들어가서 푹 쉬니 개운하기는 한데 몸 안에 들어간 독이나 흉한 것처럼 1학년한테 들은 무서운 이야기들이 자꾸 머릿속을 맴돌아 찜찜함이 남더라고. 젠장.

그날 개깝츄는 찜질방에 오지 않았어. 부모님이 찜질방에서 외박하는 걸 허락하지 않으셨다는 거야. 대신 어떻게든 조르고 졸라 할머니 댁에 가서 자겠다는 허락은 받았다고 해. 할머니가 다섯 정거장 정도 떨어진 거리에 살고 계셨거든. 어쨌든 그렇게 또 화장실에서 볼일을 보고서 손을 씻지 않은 뒤의 하루를 마무리했지.

†

다음 날 등교했을 때 나는 진짜 돌아 버리는 줄 알았어. 밥만보뿐만 아니라 개깝츄마저 학교를 오지 않았거든. 폰은 꺼져 있다고만 하고. 담임인 마싼은 그저 개깝츄가 며칠 결석할 예정이라고만 하고 출석을 넘겨 버리더라. 휴.

그 전날까지 나는 분명 개깝츄랑 톡을 하면서 안부를 확인했었어. 자기 직전까지 말이야. 일부러였는지 화장실에서 손을 씻지 않았던 일에 대해서는 화제를 피하면서 시답지 않은 이야기들을 했었다고. 그런데 바로 다음 날 내 연락을 받기는커녕 학교조차 나오지 않다니. 무슨 일이 생긴 것이 분명하다고 확신할 수밖에.

그때 나는 이 일에 대해 상담할 수 있는 사람이 우리 반에서 단 한 명도 없었어. 봐 봐. 내가 반 친구들한테 나와 밥만보 그리고 개깝츄가 저주를 받았다고, 화장실에서 볼일을 본 뒤 손을 씻지 않아서 저주에 걸렸다고 말하면 그 누가 진지하게 들어주겠어? 안 그래? 수험 스트레스로 정신이 나간 줄 알겠지.

내가 의지할 수 있는 사람은 결국 미술부에서 만났던 빡빡머리 1학년밖에 없었지. 유일하게 내 상황을 이해하고 있는 사람이었으니까. 나는 쉬는 시간마다 1학년 교실 쪽으로 내려가서 그 친구를 찾았지만 그 친구의 영롱한 구슬 같은 민머리는 도무지 보이지 않더라고.

나는 전날 1학년의 이름이나 반, 전화번호 등 연락할 방법에 대해 물어보지 못했다는 것이 너무나도 후회되었어. 그랬다면 1학년을 찾는 게 훨씬 수월했을 테니까. 하지만 지난 일에 대해서 투덜대기에는 당장의 겁이 나는 상황에 대한 대처가 시급했어.

조바심으로 심장이 메트로놈처럼 움직이는 것 같이 느껴졌지만 일단 수업이 끝나기만을 기다렸어. 수업이 끝난 뒤에는 학생들이 야자나 동아리로 향할 테고, 그때 미술반에 가면 그 1학년을 찾을 수 있을 거라는 데 생각이 미쳤거든. 만약 1학년이 학교에 나오지 않았더라도 미술반의 누구 하나는 1학년의 이름이나 연락처 등을 알고 있을 거라고 짐작했고.

✝

"미술부에 그런 애 없는데요? 잘못 아신 거 아니에요?"

내 짐작은 바로 틀린 것으로 결론이 났지. 망할 것. 나는 어쩔 줄 몰라 하며 일단 미술실을 나섰어. 그런데 그때. 그런데 그때 말이야. 폰에 진동이 왔어. 스크린에 뜬 이름을 보니 개깝츄의 전화였어. 나는 곧장 전화를 받았지.

홍지운

"야! 깝츄! 너 오늘 왜 학교 안 왔는데? 뭔데?"

「이이.」

"뭐라는 거야? 안 들려, 이 자식아. 똑바로 말해."

「이이이이. 이이이이이. 이이이이이.」

그래. 그 소리였어. 폰 너머에서 그 휘파람과 같은 소리가 울려 퍼지고 있었던 거야. 온몸에 소름이 돋더라. 어디선가 느껴지는 한기에 한여름임에도 불구하고 오한이 느껴졌어.

이이이. 이이. 이이이이.

달렸어. 계속 달렸어. 폰은 던져둔 채. 아무 소리도 들리지 않게 비명을 지르면서 복도를 질주했어. 눈물까지 찔끔 나더라고. 하지만 어쩔 수 없었어. 그래서 계속 달렸어.

쾅, 하고 무언가에 부딪혀 나는 그만 복도에 나뒹굴고 말았어. 겁에 질려 천천히 고개를 들어 올렸어.

"마! 니 눈깔은 똥구멍에 박아 놨나! 아이고, 아파 뒈지겠데이. 너 시방 쌤을 몸통으로 들이박아 잡을라 그랬나!"

　마싼이었어. 내가 정신없이 달리다가 그만 마싼
이랑 부딪히고 말았던 거지.

　"머꼬? 니 우나? 들이박은 건 니고 들이박힌 건
낸데 우째 내가 안 울고 니가 우는 긴데? 니 뭐 잘못
됐나?"

†

　"하… 뭐 이딴 디러븐 새끼가 내 새끼가…."

　마싼은 울기만 하는 나를 교무실로 끌고 갔어. 애
가 대성통곡을 하니까 일단 상담을 해야만 했던 거지.
성적이 떨어져선지, 부모님이랑 사이가 좋지 않은지,
친구들 사이에서 괴롭힘이라도 당하는 건 아닌지. 묻
지 않을 수 없었던 거야.

　나는 그때 정신이 나간 상태였어. 그래서 듣는 사

홍지운

람이 믿을지 말지는 생각도 하지 못하고 눈물을 훌쩍이며 학교 교칙에 대한 괴담과 요 며칠 사이 일어난 기이한 사건들에 대해 설명했지. 그때 마싼의 반응은 진짜 딱 이랬어.

"마! 그러니까 좀 씻어라! 유치원에서도 화장실에서 손을 씻으라고 배우는 거 아이가!"
"아, 선생님…."
"진짜 돌아 삐겠네."

마싼은 그러더니 푸하하, 폭소를 터뜨렸어. 눈물까지 흘려 가면서 웃음을 빵 터뜨린 거야. 나는 답답하고 억울해서 방금 전까지 훌쩍이던 것도 잊고 마싼을 노려보았지. 그래서 내가 뭐라고 말하려던 찰나, 마싼은 내 말을 딱 가로채고는 이렇게 말하는 거야.

"새끼야. 그 교칙 말이데이. 쌤이 퍼뜨린 기다."
"…네?"
"화장실에서 볼일을 본 뒤에 손을 꼭 씻으라는 교칙 말이다. 그거 내가 만든 기라고."
"네…?"

"하도 마 새끼들이 지저분하게쿠로 손도 안 씻고 다니니까 뭐는 해야 하지 않겠나? 근데 니들이 그 이상한 교칙은 잘 따르잖아. 그래서 그 교칙 사이에 새 교칙을 하나 만들어다 넣은 기다."

낄낄거리면서 웃는 마쌘을 보니 아주 내 눈알이 돌아 버리더라.

"니 만보 어데가 아픈지는 아나? 금마 집 토사곽란 한데이. 토사곽란. 주뎅이로는 토하고 똥구녕으로는 설사하고. 디러븐 놈이 볼일 보고 씻지도 않은 손으로 막 이래 주워 먹으니께 식중독에 걸린 거 아이가. 그러니까 좀 씻어라, 이 새끼야. 만보네 어머님도 만보가 그래 토에 똥에 디비지는데 니들이 병문안이랍시고 귀찮게 하구로 으데 밝은 낮으로 맞아 주시겠나? 게다가 만보 금마 오늘은 좀 좋아졌다고는 하드만. 그래도 까딱하면 푸드드득 설사를 싸 재끼는데 학교에 오고 싶겠나? 쌤도 내 교실에서 똥 싸지르는 꼴 보기 싫어서 만보더러 오지 말라고 캤다."

충격적인 증언은 겨우 이 정도로 끝나지 않더라.

홍지운

"그리고 깝츄 말이데이. 금마는 하와이 갔다, 하와이. 일주일 전에 이미 부모님한테 말씀 들었고 쌤이 빼 주기로 한 거 아이가. 쌤이 보아 하니 만보가 아프고 깝츄 지는 하와이 가니께 니 멕일라고 깝츄가 짠 모양이데이. 니 맨날 콧대가 높으니까 거 꺾어 버릴라 꼬."

"하지만… 1학년이…."

"마, 아직도 정신 못 차리나? 봐라. 걔 얘지? 얼굴 맞제?"

나는 어떻게든 내가 느낀 공포를 정당화하기 위해 1학년의 이야기도 했어. 하지만 마쌘은 내 말이 다 끝나기도 전에 교무실 컴퓨터로 누구 하나를 검색하더니 사진을 보여주더라. 헤어 스타일은 빡빡머리가 아니긴 했지만 나랑 개깝츄에게 무속인처럼 경고했던 개가 맞았어.

"야는 1학년에 미술부가 아니라 특활부 애다. 특활부 애를 미술부 가서 찾으니 미술부 얼라들이 멍 때렸겠제."

"특활부요…?"

"오야. 특활부. 연예인이거나 지망생인 갸들 모아 놓은 부 모르나, 그거. 인마 이번에 공포 영화 뭐시기에 나간다꼬 교장 선생님한테 인사드리고 허락도 받고 머리를 빡빡 민 아 아이가. 아마 깝츄가 니 멕일라꼬 사주했겄제."

"휘파람 같은 소리는…."

나는 어떻게든 내 현실을 지키려고 했어. 그 현실은 방금 전까지 고작 손 한 번을 씻지 않았다고 날 저주해서 죽이는 현실이었는데도 말이야. 그러든 말든 마싼은 마지막으로 내 현실을 부술 무기를 하나 꺼내 보였고.

마싼은 책상 서랍을 연 뒤에 이상한 색의 고무공 하나를 꺼내 손에 쥐었어. 그 고무공에는 가운데에 작게 구멍이 하나 뚫려 있었지. 마싼은 손아귀에 힘을 주며 그 공을 꽉 쥐어짰어.

이이이이.
이이이이이이.

그 공에서는 내가 들었던 것과 완벽하게 똑같은

홍지운

소리가 났지. 휘파람과도 같은. 하지만 휘파람은 아닌 그런 소리가.

"문방구 가 봐라. 늘어놓고 파니께. 새로 나온 장난감인데 요즘 초등학교에서 애들이 이거만 갖고 논다고 쌤들이 시끄럽다. 난리다, 난리!"

마싼은 나한테 고무공을 던졌어. 나는 공을 쥐고서 내가 들었던 소리가 맞나 꾹 눌러 보았고.

　　. . . . . . .
　　이이이. 이이이.

욕 나오게도 그 소리는 내가 들었던 그 소리 그대로였어.

내가 입을 쩍 벌린 채 멍하니 서 있기만 하니 그제야 마싼은 나를 향해 한마디를 더했어. 그렇게라도 하면 내 입을 다물게 할 수 있지 않을까 하면서.

"마, 내가 미안타. 쌤이 잘못했다. 그르게 마! 좀 씻어라! 깨끗하게 살면 뭐 누가 뭐라 카드나!"

그래. 나는 개깝츄한테 완벽하게 한 방 먹은 거였어. 무서운 놈. 아니, 반 친구 한 명 놀리는 게 이렇게까지 공들일 일이냐, 보통? 나 집에 가는 골목길을 따라가며 이상한 소리를 내서 위협하고, 후배를 포섭해서 아마추어 무당인 척 연기하게 시키고 그러느냔 말이야. 아니잖아?

흉한 것이라느니 뱀의 형상을 빌린 것이라느니 어쩌면 그렇게 설정조차 성실하게 짜 놓느냐고? 걔 뭐 작가하려고 그래? 웹툰 그린다냐? 도대체 왜 그러는 거야? 어?

나는 너무나도 분통이 터진 나머지 쿵쿵쿵쿵 거센 발걸음으로 바닥을 차며 교무실 바깥으로 달려 나갔어. 그러다가 1층 계단 앞에서 선생이랑 부딪힐 뻔하기도 했지.

"마, 앞 좀 단디 봐라. 니 쌤이랑 부딪힐 뻔했다 아이가."
"죄송합니다!"

나는 달렸어. 다시 한번 달렸어. 조금 전에는 두려움과 절망 속에서 달렸다면 이번에는 분노와 짜증

홍지운

속에서 달렸지. 그래서 내가 어떻게 했는지 알아? 내 증오를 풀기 위해서?

"편지 배달이오!"

공책을 한 장 찢어다가 개깝츄와 밥만보를 저주하는 편지를 써서 소각장에다 던져 버렸어. 이름도 곱게 빨간색으로 써서.

"야! 너! 뭐 찾는데! 새끼야! 물건 간수를 잘해야지! 학용품에 어, 이름도 써 놓고 그러란 말이다!"

다음으로는 옥상으로 달려가 눈앞에 보인 아무나 붙잡고서 고래고래 고함을 쳤어. 뜬금없이 그때 진짜 옥상에 누가 있긴 하더라고. 지금 와서 생각하면 개한테는 미안하게 됐다만.

"으아아아! 으아아아!"

그러고는 중앙 계단 난간을 타고 미끄러져 내려간 뒤 거울을 바라보며 비명을 질렀지. 어느새 해도 저물어서 시간도 딱 맞았고.

"섹스! 섹스! 섹스하지 말라고! 학교에서 하지 말라고!"

마지막으로는 설립자 동상 앞으로 달려가서 쓸데없이 흉흉한 분위기의 교칙이나 만들게 한 선배들을 저주하고 또 규탄했어. 아주 악에 받쳐서 소리도 잘 나오더라.

뭐 이딴 학교가 다 있어? 학생들이 손 좀 씻지 않는다고 음침한 교칙들을 만들고 괴담을 유포해서 말을 듣게 한다니. 진짜 미치지 않고서는 이럴 수 없다니까. 어쨌든 그러니까 말이야. 그래서 나는 이제부터 학교에서는 절대로 화장실에서 볼일을 본 뒤에 손을 안 씻기로 결심했다는 거야. 어때. 내가 왜 이러는지 좀 알겠어? 엥? 만보랑 깝츄가 어쨌다고? 그리고 왜 마싼이 두 번 나오냐니? 뭐? 어?

홍지운

한밤중
설립자 동상 앞에
서지 마시오

정명섭

정명섭

1973년 서울에서 태어났다. 대기업 샐러리맨을 거쳐 바리스타로
일했다. 파주출판도시의 카페에서 일하던 중 우연히 글을 접하면서
전업 작가의 길을 걷게 되었다. 추리와 역사, SF와 좀비, 소설과
인문서, 청소년과 동화까지 다양한 장르와 연령대의 독자들이 읽을
수 있는 글을 쓴다. 역사 추리소설 『적패』를 비롯해 『개봉동 명탐정』,
『38년, 왜란과 호란 사이』, 『오래된 서울을 그리다』, 『무너진 아파트의
아이들』, 『훈민정음 해례본을 찾아라』, 『한성 프리메이슨』, 『미스
손탁』 등을 썼다. 2013년 제1회 직지소설문학상 최우수상을 수상했고,
2016년 제21회 부산국제영화제에서 NEW 크리에이터 상을 받았다.
2019년 원주시 한 도시 한 책에 『미스 손탁』이 선정되었다.

시작은 술과 돈이었다. 맨 처음 모이자고 한 사람은 자칭 일류 소설가인 조정섭이었다. 무슨 바람이 불었는지 단톡방에 며칠째 계속 술이나 한잔하자고 졸라댔다. 초등학교 동창 밴드에서 만나 같은 동네라는 이유로 엮이기는 했지만 나머지는 모두 같은 생각이었다.

'씨발, 졸라 귀찮은데.'

그도 그럴 것이 조정섭은 만났다 하면 자기 자랑으로 밤을 꼬박 보내고도 남을 위인이었다. 자기가 신춘문예에 당선되었지만 본인의 제자가 되라는 심사

위원장 앞에서 술상을 엎어 버리고 나와서 수상이 취소되었다는 얘기가 시작이었다. 이후로는 자기가 그쪽 세력에 찍혀서 번번이 등단이 미끄러지고 있다는 이야기로 이어졌고, 한국 문단이 얼마나 무능하고 부패했는지로 끝을 맺었다. 거의 녹음기를 틀어 놓은 수준이라 술자리 막바지에는 친구들이 레퍼토리를 먼저 읊을 정도였다. 그래서 약속이나 한 듯 메시지를 무시하는데 마지막에 올린 문구가 모두를 움직이게 만들었다.

"씨발, 내가 쏜다. 목포 곰장어로 모여."

약속 시각이 되자 조정섭 앞에 나타난 초등학교 동창은 모두 세 명이었다. 20여 년 전에 초등학교를 졸업한 그들은 하나같이 불룩 나온 배에 머리가 슬슬 벗어지는 중이었다. 가장 먼저 나타난 것은 동창들 사이에서 모범생으로 기억되는 추기호였다. 초등학교 때만 모범생이었는지 좋은 대학에 들어가지 못하고 중소기업에서 일하는 중이었다. 5년째 진급을 못해서 만년 과장인 바람에 다들 추 과장이라고 불렀는데 당사자는 질색했다.

정명섭

"추 과장! 여기야."

구멍이 숭숭 뚫린 러닝에 삼선 슬리퍼를 신은 조정섭이 한쪽 손을 높이 치켜들면서 아는 척을 했다. 그러자 추기호가 얼굴을 찡그리며 맞은편에 앉았다.

"야! 추 과장이라고 부르지 말라고 했잖아."
"그럼 과장 추라고 부를까? 억울하면 진급하라고 진급."

조정섭의 비아냥에 추기호는 얼굴을 찌푸렸다. 그 상황이 오래갔다면 둘은 멱살을 잡고 싸웠을 테지만 적절한 시점에 중재자가 나타났다.

"일찍 왔네?"

김성석이 넉살 좋게 웃으며 두 사람의 중간에 눈치껏 앉았다. 깡마른 체격에 안경을 써서 신경질적으로 보이는 조정섭이나 까무잡잡한 얼굴에 매부리코를 가지고 있어서 성격 있어 보이는 추기호와는 달리 김성석은 둥글둥글한 얼굴에 배가 좀 나와서 사람이 좋아 보였다. 실제 성격도 나쁘지 않아서 다른 사람들의 짜증과 잔소리를 잘 소화하는 능력을 갖췄다. 그런 능력 덕분에 미용실을 하는 아내에게 눈치껏 엎혀 지내는 중이었다.

"성성아! 한잔해라."

조정섭이 옛날 별명을 부르자 김성석은 웃으며 소주잔을 들었다. 그렇게 분위기가 누그러지는 사이, 마지막 참석자인 이호진이 모습을 드러냈다. 낡은 야구 모자를 쓰고 온 그는 자리에 앉자마자 젓가락을 들었다.

"다 익었어?"

딱히 누구에게 말한 건 아니지만 김성석이 친절하게 대답해 줬다.

"아직."
"씨, 졸라 배고픈데 왜 아직 안 익은 거야?"

젓가락을 도로 내려놓은 그에게 추기호가 퉁명스럽게 말했다.

"해 떨어진 지가 언젠데 아직 저녁도 안 먹었어?"
"굶었지. 곰장어 먹으려고."

누런 이빨을 드러내며 씩 웃은 그가 다시 젓가락을 들어서 숯불 위에서 한창 꿈틀거리는 곰장어를 뒤적거렸다. 그 사이, 김성석이 소주와 맥주를 섞어서 만든 소맥을 돌렸다. 소맥이 담긴 맥주잔을 들면서 추기호가 말했다.

"해가 서쪽에서 뜨겠네. 조 작가가 한턱낸다고 한 게 얼마 만이야."
"빌어먹을 문단이 문제지. 걔들이 나를 얼마나 괴롭히는지 알아?"

조정섭이 입술을 삐죽 내밀면서 말하자 다들 지겹다는 표정을 지었다. 이번에도 김성석이 나서서 분위기를 누그러뜨렸다.

"자! 건배하자, 건배. 곰장어 타겠다."

맥주잔을 내려놓은 친구들이 서둘러 곰장어를 먹었다. 지글거리는 불판 위에서 익은 곰장어를 집어 먹느라 다들 말이 없었다. 어느 정도 배를 채운 다음에는 다들 하고 싶은 얘기들을 했다. 아이 얘기로 시작해서 부인 얘기로 넘어간 주제는 걸그룹으로 이어졌고, 직장 상사를 씹다가 동네 수준이 너무 떨어진다고 얘기했다가 다시 걸그룹으로 넘어갔다. 요즘 누가 뜨고 있느니, 몸매가 어떠니 따위의 얘기를 하는 친구들을 한심한 눈으로 바라보던 조정섭이 탁 소리가 나도록 맥주잔을 테이블에 내려놓은 건 밤 11시를 막 넘긴 때였다.

"야! 걸그룹 얘기하다가 밤새우겠다."
"지난번에 밤을 새우긴 했지."

팔짱을 낀 추기호의 말에 김성석이 피식 웃었고, 얼굴이 불콰해진 이호진이 따라 웃었다. 조정섭은 혀를 차면서 의자를 바짝 당겨 앉았다.

"그렇게 입이 닳도록 얘기한다고 걸그룹이 너희들을 알기나 할 것 같아? 우리 좀 더 건설적인 얘기를 하자."

"어떤 건설적인 얘기?"

이호진의 물음에 조정섭이 눈빛을 반짝거렸다.

"돈 얘기."

돈이라는 말에 분위기가 살짝 달라졌다. 그걸 느낀 조정섭이 씩 웃으며 맥주잔에 남은 소맥을 비웠다.

"짜식들."

추기호가 계속 팔짱을 낀 채로 말했다.

"읊어 봐라."

"우리가 다니던 초등학교 기억해?"

"그럼. 기억하지."

"거기 동상도 기억나고?"

"동물원 뺨치게 많아서 동상원이라고 불렀잖아."

사이가 나쁜 두 사람이 쿵짝이 맞아서 얘기를 주거니 받거니 하자 나머지 두 사람은 탁구 경기를 보는 것처럼 두 사람의 말을 따라서 고개를 돌렸다.

"본관 앞에 설립자 동상."
"안경 쓰고 한쪽 팔 치켜든 거?"
"맞아. 거기 밑에…."

마른침을 삼킨 조정섭이 주변을 쓱 돌아봤다. 그러고는 눈알을 한번 굴렸다.

"금괴가 잔뜩 묻혀 있다는 특급 정보를 입수했다 이거야."

추기호는 즉각 썰렁하다는 반응을 보였고, 그다음은 입에 있던 곰장어가 사방으로 튀어나올 정도로 비웃었다.

"다이아몬드는 없고?"
"나 진지하거든."

코를 찡긋거린 조정섭이 헛기침을 하면서 목소리를 쫙 깔았다.

"내가 새 작품을 준비하느라고 인터뷰를 하러 다녔잖아. 그러다가 한국은행에서 퇴직하신 분을 우연히 만났거든. 작가가 되면 여기저기서 귀찮게 하는데, 그도 마찬가지였지. 제발 자기 얘기 좀 들어 달라 이거야. 중간에 다리를 놓은 사람 때문에 빼도 박도 못하고 인터뷰를 갔는데…. 대박!"

조정섭은 눈알을 한 바퀴 굴린 뒤 말을 이어갔다.

"한국전쟁이 터졌을 때 말이야. 서울이 3일 만에 함락됐잖아."

어려운 역사 얘기가 나오자 나머지 두 사람이 모범생 추기호를 바라봤다. 추기호가 맞는다며 고개를 끄덕거렸다.

"맞아."
"그때 한국은행 지하에 금이랑 은이 얼마나 있었

는지 알아?"

"별로 없었겠지. 해방된 지 얼마 되지 않았고, 가난한 나라였잖아."

"땡! 금괴만 1.3톤에 은괴는 18톤이 넘었대."

"정말?"

눈의 휘둥그레진 김성석이 끼어들자 조정섭이 씩 웃었다.

"그렇다니까. 1930년대 골드러시 같은 게 일어나서 너도 나도 땅을 파서 금이랑 은을 캐냈고, 그것 중 일부가 그대로 남은 거야."

이호진이 핸드폰으로 검색하는 동안 추기호가 얼굴을 찌푸리며 물었다.

"그런데 전쟁이 나서 북한이 내려왔을 때 다 가져간 거 아냐?"

그러자 핸드폰을 정신없이 보고 있던 이호진이 고개를 저으며 나섰다.

정명섭

"아니라고 나와 있어."

"진짜?"

추기호의 반문에 이호진이 핸드폰을 들이댔다.

"이거 봐."

핸드폰을 넘겨받은 추기호가 소리 내서 읽었다.

"한국전쟁이 터지고 이틀 후인 6월 27일, 한국은 행 직원들이 반출한 금 1톤과 은 2.5톤은 트럭에 실려 서 남쪽으로 옮겨졌다. 서울을 빠져나간 트럭은 38시 간 만에 진해 해군사령부에 도착했고, 이후 미국으로 옮겨졌다. 미국으로 간 금과 은은 이후 대한민국이 국 제통화기금과 국제부흥개발은행에 가입할 때 출자금 으로 사용되었다. 한편, 급박한 상황에 미처 옮기지 못한 금 260킬로그램과 은 16톤, 그리고 미발행 은행 권은 서울을 점령한 북한군이 차지했다."

핸드폰에서 눈을 뗀 추기호가 대답했다.

"남북한이 나란히 나눠 가졌네."

"보통 사람은 그렇게 믿지. 하지만 나 같은 사람은 그게 아니야."

조정섭이 한쪽 손을 들어 자신의 머리를 가리키며 으스대자, 다들 또 시작이라는 듯 입술을 삐죽거렸다. 하지만 주제가 주제이니만큼 대놓고 면박은 주지 않고 조정섭의 이야기를 기다렸다. 기대에 찬 친구들의 표정을 읽은 그는 잔에 든 소주를 단숨에 비우고 다시 입을 열었다.

"대한민국이 얼마를 옮겼느니 북한이 얼마를 빼앗아 갔느니 하는 건 정확하게 밝혀진 게 아니야. 야단법석을 치면서 옮기는 와중에 금이 얼마고 은이 얼마인지 정확하게 세어 봤겠어?"

"그럼 따로 빼놓은 금괴가 있다는 거야?"

아까 금괴에 대해서 검색했던 이호진의 물음에 조정섭이 고개를 끄덕거렸다.

"그럼. 사실 한국은행에서 금괴를 싣고 떠났다는

트럭도 세 대인지 네 대인지 정확하게 몰라. 그 와중에 누가 딴마음을 먹고 금괴를 살짝 빼돌렸다 한들 알기나 하겠어?"

"하긴, 난리 통이라 알기 어렵겠지."

이호진이 진지하게 맞장구를 쳐 주자 조정섭은 신이 나서 떠들었다.

"내가 만난 한국은행 아저씨가 전설처럼 내려오는 얘기를 해 줬는데, 그 당시 헌병대 트럭이 금괴를 싣고 떠난 후에 황씨 성을 가진 직원이 어디서 지프를 한 대 구해 와서는 금괴를 따로 실어서 떠났다고 했어."

"얼마나?"

마른침을 삼킨 이호진의 물음에 조정섭이 고개를 저으며 대답했다.

"뒷좌석이 가득 찰 만큼 실어 갔다는 정도밖에는 몰라. 나중에 서울이 수복되고 한국은행에 직원들이 돌아왔을 때 황 씨는 보이지 않았다고 했어."

"와! 금괴 싣고 튀어서 호의호식했겠다."

들고 있던 김성석이 부럽다는 듯 입맛을 다시며 말했다. 하지만 조정섭은 고개를 저었다.

"아니, 그게 끝이 아니야. 전쟁이 끝나고 몇 년 후에 한국은행 직원 한 명이 충무로에서 구걸하고 있는 황 씨를 만난 적이 있대."

"에이, 금괴를 가지고 도망쳤는데 왜 동냥을 해?"

"그게 이상해서 물어보니까 저주를 받았다고 횡설수설하더래. 왜 그러느냐고 캐물으니 고향에 가서 금괴를 땅속에 묻었는데 빨갱이들이 소문을 듣고 와서는 내놓으라고 겁박해서 끝까지 버텼대. 그러자 자기 눈앞에서 가족들을 하나씩 죽이더라는 거야. 그래도 끝까지 잡아떼니까 독한 놈이라고 하더니 자기만 살려 두고 가 버렸대."

"와! 안 미치는 게 이상하네."

입을 딱 벌린 이호진에게 조정섭이 비장한 표정으로 말했다.

"그래서 어디에 묻었느냐고 했더니 동상 아래라고 한 거야."

"동상?"

"사람 동상이라고 하더래. 그래서 황 씨에 대해서 조사해 봤지. 내가 또 추리에는 일가견이 있잖아."

"그게 우리가 다닌 초등학교랑 무슨 상관인데?"

팔짱을 낀 채 듣고 있던 추기호의 물음에 조정섭이 가방에서 접힌 종이 한 장을 꺼냈다. 오래된 서류를 복사한 것이었다.

"뭔데?"

"1950년 한국은행에 근무하던 황씨는 모두 세 명이었어. 한 명은 1968년까지 잘 다니다 퇴직했고, 다른 한 명도 1957년까지 근무하다가 교통사고로 사망했어. 그러니까 1950년 6월에 지프에 금괴를 싣고 사라진 사람은 이 사람이야."

종이를 펼친 추기호가 한문을 더듬거리며 읽었다.

"황남순. 본적이 여기네. 그리고 우리가 다닌 그

학교를 졸업했네?"

"맞아. 거기다 그 설립자 동상은 1948년도에 만들어졌어. 고향으로 왔다고 했으니까 여기로 온 게 틀림없어. 고향에 와서 자기가 다니던 초등학교 동상 아래 숨겨 둔 거지."

"한국은행에서 멀리 떨어져 있지도 않은데?"

"28일 날 다리가 폭파되면서 남쪽으로 더 내려가지 못했을 거야."

그것으로 모든 의문은 풀렸다. 사실 동상 얘기가 나올 때부터 다들 짐작했다. 6년 동안 다닌 초등학교 광장에는 설립자 동상이 서 있었다. 안경을 쓰고 한쪽 팔을 든 채 말이다.

한동안 흐르던 침묵은 가게 주인이 곰장어가 탄다고 주의를 주며 끝났다. 다들 약속이나 한 것처럼 젓가락을 들고 곰장어를 집긴 했지만 아무도 입에 넣지 않고 조정섭을 바라봤다. 가볍게 헛기침을 한 조정섭이 곰장어를 씹으면서 얘기했다.

"어때?"

"진짜 묻혀 있는 거 아냐?"

김성석이 조용히 얘기하자 이호진이 고개를 끄덕거리며 추기호를 바라봤다. 얼굴을 찌푸린 추기호가 말했다.

"그래서 우리끼리 파자는 얘기야?"
"맞아. 먼저 꺼내는 놈이 임자잖아."
"완전 로또네, 로또."

들뜬 김성석의 말에 추기호가 고개를 저었다.

"학교에서 가만있겠어? 자기 땅에 묻혔으니 자기 거라고 하겠지."

추기호의 말을 들은 조정섭이 끼어들었다.

"야! 누가 학교에 얘기하고 판대?"
"그럼, 밤중에 몰래 가서 파내자는 얘기야?"
"당연하지."

조정섭의 말에 추기호가 기가 막힌다는 표정을 지었다.

"말도 안 돼."

"말이 안 되기는! 황 씨도 혼자 파묻었을 거 아니야. 그럼 얼마나 깊게 파묻었겠어. 밤중에 몰래 들어가서 파내면 아무도 모를 거야."

조정섭이 두 손을 펼쳐 보이면서 친구들을 바라봤다. 친구들은 그 손짓에 홀린 표정으로 서로를 바라봤다. 변변한 책을 내지 못해서 빈털터리인 조정섭은 둘째 치고 나머지도 돈에 쪼들리기는 마찬가지였다. 그런데 뜬금없이 황금을 파내자는 얘기가 나온 것이다. 다들 곰장어가 불판에서 타고 있는 줄도 모르고 고민에 빠지고 말았다. 그런 친구들을 본 조정섭이 혀를 찼다.

"내가 니들 생각해서 불렀는데 이러기야? 그럼 나 혼자 갈 거야."

그 얘기를 들은 김성석이 뭔가에 홀린 표정으로

벌떡 일어났다.

"나도 갈게, 간다고."

급하게 일어나는 바람에 앉아 있던 플라스틱 의자가 뒤로 우당탕거리며 넘어졌다. 김성석을 물끄러미 바라보던 이호진도 젓가락을 내려놓고 일어났다.

"알았어. 같이 가자."

대세가 기울자 조정섭에게 계속 태클만 걸었던 추기호는 입맛을 다셨다. 하지만 친구들의 따가운 시선에 한숨을 쉬며 자리에서 일어났다.

"나도 낄게. 그런데 문제가 하나 있어."
"무슨 문제?"

김성석의 물음에 추기호가 얼굴을 살짝 찡그리며 말했다.

"교칙이 걸려."

"뭐라고?"

"밤중에 설립자 동상 앞에 서지 말라고 했던 학교 교칙 기억 안 나?"

그들이 다닌 학교에서는 공식적인 교칙 외에 비공식적인 교칙이 몇 개 전해지고 있었다. 그중 하나가 바로 한밤중에 설립자 동상 앞에 서지 말라는 것이었다. 황당하기 그지없는 교칙을 들은 입학생 중 열에 아홉은 선생에게 왜냐고 물었다. 하지만 선생들의 대답은 비슷했다.

"네가 한밤중에 학교 올 일이 뭐가 있겠니? 시키는 대로 해 그냥."

학교에 다니는 6년 동안, 한밤중 동상 앞에 설 일이 없었기 때문에 다들 그냥 그런가 보다 하고 넘겼다. 간혹 호기심 넘치는 아이들이 몰래 담장을 넘으려고 시도했지만 다들 실패했다. 설립자 동상은 정문 수위실에서 잘 보이는 곳에 있었는데, 대대로 수위 아저씨의 별명이 매의 눈일 정도로 철저하게 감시했기 때문이다. 잊고 있던 기억을 떠올린 친구들이 잠시 주춤

거리자 조정섭이 혀를 찼다.

"학교 졸업한 지가 언젠데 교칙 가지고 벌벌 떨어?"

"교칙이 문제가 아니라 수위 아저씨가 문제지. 불법 침입으로 경찰에 신고라도 하면 곤란하다고."

분위기가 다시 누그러질 기미가 보이자 조정섭이 손을 저었다.

"내가 설마 그것도 생각 안 하고 너희들을 불렀겠어?"

"방법이 뭔데?"

"나만 믿고 모레 저녁 11시까지 명신학교 옆 비닐하우스로 와."

조정섭이 의기양양하게 말하자 다들 불안감과 기대감이 얽힌 눈빛으로 바라봤다.

✝

　이틀 후, 세 사람은 약속 장소인 비닐하우스에 도착했다. 먼저 와 있던 조정섭이 누군가를 소개했다.

　"인사해. 여기는 내 제자 박환준이야."

　학교로 가는 길 옆 비닐하우스에서 어정쩡한 만남이 이어졌다. 헐렁한 티셔츠 차림에 키는 멀대같이 큰 청년 옆에는 삽과 곡괭이 들이 놓여 있었다.

　"이건 또 뭐야?"

　추기호의 짜증 섞인 반응에 조정섭이 어깨를 으쓱했다.

　"땅을 팔 때 쓸 도구들이지. 그리고 비장의 무기가 하나 있어."

　조정섭이 의기양양 말하자 박환준이 일행들에게

플라스틱병과 수건을 들어 보였다.

"클로로폼이라는 거지. 이걸 수건에 묻혀서 얼굴에 덮으면 그대로 기절하게 돼."

"이걸로 수위 아저씨를 자게 만들려는 거지?"

김성석의 물음에 조정섭이 씩 웃으며 고개를 끄덕거렸다.

"이건 범죄야."

추기호가 얼굴을 찌푸리며 말했지만 금괴라는 말에 정신을 빼앗긴 친구들은 슬슬 짜증을 내기 시작했다. 결국 추기호가 입을 다물면서 조정섭이 자신의 계획을 털어놨다.

"수위 아저씨를 밖으로 유인할 거야."

"어떻게?"

이호진의 물음에 조정섭이 그를 손가락으로 가리켰다.

"네가 학교 앞에서 정신을 잃고 쓰러진 척하고 있어. 그러면 나랑 환준이가 가서 사람이 쓰러졌다고 하면서 주의를 끌게."

"그렇게 끌어내서 기절시키려고?"

이호진이 묻자 조정섭은 엄지손가락을 치켜들며 대답했다.

"똑똑하네. 아저씨가 일어날 때쯤 우린 동상 밑에 있는 금괴를 파서 유유히 사라지는 거지."

그들은 금괴를 찾을 생각에 들뜬 얼굴을 하고 학교로 향했다.

오밤중이라 그런지 차도 다니지 않고 인적도 없었는데 어쩐지 수위실의 불은 환하게 켜져 있었다. 어린 시절에는 그토록 높아 보이던 계단 위에 학교 정문이 보였고, 오른편에 수위실이 있었다. 정문 옆 기둥에는 명신재단이라는 글씨가 큼지막하게 새겨져 있었다. 학교를 살펴보던 조정섭이 신호를 보내자 이호진은 그대로 바닥에 엎어졌다. 그러자 조정섭과 박환준이 호들갑을 떨면서 학교 수위실로 뛰어갔다.

"아이고, 사람이 쓰러졌어요. 사람이!"

조금 떨어진 곳에서 그 모습을 지켜보던 추기호는 킥킥거리며 웃었다. 김성석은 팔뚝으로 추기호의 옆구리를 찌르며 소곤댔다.

"조심해. 소리 들리겠다."
"너도 진짜 믿는 거야?"

추기호의 물음에 김성석이 애매한 표정을 지었다.

"믿어서 나쁠 건 없잖아. 거기다 잘하면 돈도 생기고."
"저 짠돌이가 퍽이나! 왜 우리를 끌어들였는지 생각 안 해 봤어?"
"무슨 생각?"
"나중에 문제가 생기면 발을 빼고 우리들한테 덮어씌울 요량인 거지."
"설마, 친구인데 그러겠어?"

김성석이 황당한 표정으로 묻자 추기호가 쓴웃음을 지었다.

"쟤가 우릴 친구로 생각하겠어? 그냥 술 마시기 좋은 애들 정도라고."
"그런데 넌 왜 안 빠지고 끼어 있는 건데?"

추기호는 김성석의 물음에 애매한 표정을 지었다. 모순적인 놈이라고 따지려는 순간, 수위 아저씨가 밖으로 나오는 게 보였다. 먼발치에서 다가오는 수위 아저씨를 본 추기호가 중얼거렸다.

"어? 우리 때 그 수위 아저씨 같은데?"

그 얘기를 들은 김성석이 콧방귀를 뀌었다.

"야! 우리가 졸업한 지가 20년이 넘었는데 말이 돼? 비슷하게 생긴 사람이겠지."

둘이 얘기를 나누는 사이 조정섭이 냉큼 달려가서 수위의 팔을 잡았다.

"아, 그러니까요. 저 친구랑 산책을 나왔는데 갑자기 가슴을 움켜잡고 쓰러졌어요. 아무리 깨워도 정신을 못 차린다니까요."

그 사이, 조정섭이 데려온 박환진이 병에 든 클로로폼을 수건에 잔뜩 묻혔다. 반쯤 끌려온 수위가 쓰러진 이호진을 살펴보느라 정신이 팔린 사이 박환진이 천천히 그의 뒤로 접근했다. 그때 수위가 무슨 낌새를 챘는지 휙 돌아봤다. 깜짝 놀란 박환진이 겸연쩍게 웃었다.

"까, 까꿍."

잠시 벌어진 대치 상황은 조정섭이 수위의 팔을 잡으면서 끝났다. 박환진이 서둘러 수건으로 수위의 입을 막았고, 버둥거리던 수위는 이내 축 늘어졌다. 그제야 조정섭은 망을 보던 추기호, 김성석에게 손짓했고 지켜보던 두 명이 서둘러 합류했다.

"같이 들자. 생긴 건 안 그런데 졸라 무거워."

네 친구들이 수위의 팔다리를 하나씩 잡고 낑낑거리며 수위실로 옮겼다. 검정색 의자에 의식을 잃은 수위를 앉힌 다음, 다들 한숨을 쉬며 밖으로 나왔다. 자정이 넘어갈 즈음이었는데 달빛이 제법 드리워서 불이 없어도 어느 정도 주변이 보였다. 가장 먼저 빠져나온 추기호가 허리를 손으로 짚으며 조정섭을 바라봤다.

"이제 뭐 할 거야?"

조정섭은 턱으로 광장 한복판에 있는 동상을 가리켰다.

"파야지."

동상 파기는 시작부터 난관이었다. 일단 동상의 어느 쪽을 파야 하는지를 놓고 입씨름이 벌어졌다. 조정섭은 당연히 동상 앞쪽이라고 했지만 추기호가 태클을 걸었다.

"동상 아래라고 했지 앞이라고는 안 했다며?"

"바보야! 진짜 동상 아래면 동상이 넘어졌겠지! 그러니까 진급을 못 하지."

조정섭이 혀를 차면서 얘기하자 추기호가 발끈하면서 삽을 내동댕이친 것이 첫 번째 난관이었다. 김성석과 이호진이 서둘러 뜯어말리면서 위기는 넘어갔다. 두 번째 난관은 바닥이었다.

"이거 보도블록 아냐? 팠다가 어떻게 다시 메우지?"

김성석의 물음에 딱히 대답해 준 사람은 없었다. 침묵을 깬 것은 조정섭이 데려온 박환진이었다. 그가 들고 있던 곡괭이를 단숨에 내리치자 보도블록이 쪼개졌다. 날아오는 파편을 피하느라 고개를 돌렸던 추기호가 소리쳤다.

"야! 이걸 깨면 어떡해?"
"뭐, 금괴 파내서 튀면 되는 거죠. 걸리면 물어 주면 되는 거고요. 밤새 입씨름하다 끝낼 겁니까?"
"뭐라고!"

추기호가 주먹을 쥐고 덤벼들려고 하자 이호진과 김성석이 뜯어말렸다.

"이러다 누가 듣겠다. 조용히 좀 해."

세 친구들이 옥신각신하는 사이에도 박환진은 말없이 곡괭이로 보도블록을 깼다. 다행히 보도블록 아래로 흙이 보였다. 조정섭이 삽으로 보도블록의 파편들을 살살 걷어 내자 다른 친구들도 하나둘씩 삽을 들었다. 어쨌든 발아래 금괴가 있을 수 있다는 사실이 모두를 움직이게 했다. 어둠 속에서 헉헉대는 숨소리와 흙 파내는 소리만 들렸다. 다들 묵묵히 일을 하면서 동상 앞의 구멍은 점점 깊어졌다. 허리 깊이까지 파인 구멍을 내려다보던 추기호가 이마의 땀을 훔치면서 물었다.

"얼마나 더 파야 하는데?"

아무도 대답하지 않자 추기호가 맞은편에서 삽을 들고 있던 조정섭에게 재차 물었다.

"얼마나 파야 하냐고, 씨발."

"나올 때까지 졸라 파야지. 고작 30분 파 놓고 뭐가 나올 줄 알았어, 추 과장?"

"아이, 추 과장이라고 하지 말랬지."

추기호가 삽을 내던지면서 화를 내자 조정섭이 얼른 박환진의 뒤로 숨었다.

"억울하면 차장이나 팀장이 되든…"

마지막 단어가 '되든지'일지 '되든가'일지는 아무도 몰랐다. 묵묵히 일하던 박환진이 자신의 뒤로 조정섭이 돌아가는 걸 눈치 채지 못한 채 곡괭이를 머리 뒤로 크게 휘둘렀다. 조정섭의 머리는 곡괭이 끝에 그대로 찍혔고, 조정섭은 전기에 감전된 것처럼 온몸을 파르르 떨었다가 축 늘어졌다. 너무 순식간에 벌어진 일이라 다들 어찌할 바를 몰랐다.

"으헉!"

추기호가 두 손으로 입을 막은 채 지른 비명이 어

둠 속으로 퍼져 나가는 사이, 조정섭의 머리에서 흘러
나온 피가 모래 속으로 스며들었다. 이호진은 그대로
주저앉았다가, 다시 일어나려고 하다가 풀썩 주저앉
았다. 정작 조정섭을 죽인 박환진은 얼굴만 살짝 찡그
릴 뿐이었다. 김성석은 박환진에게 따졌다.

"너, 어쩔 거야?"
"제가 죽이고 싶어서 죽인 건 아니잖아요."

찡그린 얼굴로 대답한 박환진이 재수 없다는 말
을 덧붙이자 김성석이 화를 냈다.

"씨발! 그게 사람 죽여 놓고 할 소리야!"
"그럼 어쩌라고요? 내가 뒤에 눈이 달린 것도 아
니고, 아저씨들이 서로 티격태격하다가 이렇게 된 거
잖아요. 왜 나한테 그래요."

눈물을 글썽거리며 화를 내던 김성석을 뜯어말
린 건 벌떡 일어난 이호진이었다.

"성석아! 좀 진정해!"

"야! 정섭이가 죽었는데 지금 진정하게 생겼어?"

"호랑이한테 물려 가도 정신만 차리면 살 수 있다고 했잖아. 머리를 써야지, 머리를."

"어떻게? 죽은 정섭이가 살아나지 않는 한 우리는 끝났다고. 아이고야!"

넋이 나간 얼굴로 털썩 주저앉은 김성석이 어깨를 떨면서 흐느꼈다.

"내가 미쳤지, 미쳤어."

한참을 울던 김성석이 끙 하는 소리를 내면서 일어났다. 그리고 주머니에서 핸드폰을 꺼냈다. 그걸 본 추기호가 물었다.

"뭐 하게?"

"112에 신고해야지."

김성석의 대답을 들은 추기호가 손을 뻗어 핸드폰을 뺐었다.

"좀 생각해 보고 신고해도 늦지 않아."

"생각하고 자시고 할 게 뭐가 있는데? 아침에 수위 아저씨가 깨어나면…."

"수위 아저씨는 클로로폼을 잔뜩 마셔서 기억하지 못할 거예요."

불쑥 끼어든 박환진이 수위실을 바라보면서 대답하자 분위기는 묘하게 흘러갔다. 김성석이 그래도 이건 아니라는 표정으로 말했다.

"정섭이 가족이나 친구 들은?"

"걔 이혼하고 가족들이랑 연락 안 한 지 오래라고 본인 입으로 얘기했잖아. 친구들도 우리뿐이야."

추기호의 얘기에 다들 고개를 끄덕거렸다. 남들에게 툭툭 내뱉는 기분 나쁜 말투, 작가랍시고 거들먹거리는 태도, 결정적으로 돈을 안 쓰는 모습 때문에 동창들 사이에서도 정섭은 따돌림의 대상이었다.

"그래도…."

김성석이 친구들과 박환진을 바라보며 중얼거렸다. 그러자 추기호가 어깨에 손을 올리며 말했다.

"누가 오기 전에 얼른 파자. 그런 고민은 나중에 하고…."

김성석이 동의하기 전에 이호진이 삽을 들고 땅을 파기 시작했다. 박환진이 곡괭이를 들고 가세했고, 추기호조차 어쩔 수 없다는 표정을 짓자 김성석은 눈물을 훔치며 말했다.

"다들 미쳤어."

그러자 추기호가 씁쓸하게 웃으며 대꾸했다.

"미칠 수밖에 없지. 거지 같은 세상이잖아. 평생을 열심히 일해 봤자 돈도 못 벌고 빈털터리에 이혼남 아니면 만년 과장이지. 아니 전직 과장이네."
"… 짤렸어?"

김성석의 물음에 추기호는 삽자루를 움켜쥐며

대답했다.

"사장이 부르더니 후배들을 위해 용퇴를 해 달래.
내가 무슨 정치인이야? 졸라 짜증은 났는데 버티면
화장실 옆으로 책상을 빼 버릴 게 뻔해서 그냥 알았다
고 했지."

서글프게 대답한 추기호가 가세하자 김성석도 삽
을 들었다.

"어쩌다 이렇게 된 건지 모르겠네."
"고만 떠들고 땅이나 파. 아무것도 안 나오면 우
린 망하는 거야."

추기호의 채근에 김성석은 목덜미에 흐르는 땀을
닦으면서 주변을 돌아봤다.

"씨발, 그나저나 좀 이상하지 않냐?"
"아, 또 뭐가?"

짜증 난다는 표정을 지은 추기호의 물음에 김성

석이 착 가라앉은 목소리로 말했다.

"겁나 조용하잖아."

그 말을 들은 추기호와 이호진은 거의 동시에 주변을 돌아봤다. 그들이 다니던 초등학교는 중학교와 고등학교는 물론 남녀 기숙사까지 있는, 어마어마하게 큰 학교였다. 그들이 열심히 땅을 파고 있는 초등학교 뒤편으로 중학교와 고등학교 건물들의 실루엣이 어둠 속에서 존재감을 과시하고 있었다.

"너무 조용해."

김성석의 말에 이호진이 짜증을 냈다.

"밤중이니까 조용한 게 당연하지. 어서 땅이나 파. 아무것도 안 나오면 우린 끝장이라고."

친구가 어처구니없이 죽었다는 황망함은 어떻게든 금괴를 찾아야겠다는 집념으로 변했다. 친구들의 그런 모습이 김성석은 도무지 이해가 가지 않았다.

"우리 왜 이렇게 변했지?"

"닥치고 땅이나 파라니까!"

추기호가 버럭 지른 소리는 어둠 속으로 퍼져 나갔다. 다들 뭔가에 쫓기는 듯 불안한 표정을 지으며 윽박지르자 김성석은 더 이상 대꾸하지 못하고 땅을 팠다.

한 시간쯤 땅을 더 파내려 갔지만, 흙과 돌멩이만 나올 뿐이었다. 아니다 싶어서 화단인 뒤편을 제외하고는 모두 파냈지만 어떤 기미도 보이지 않았다. 결국 땀투성이가 된 이호진이 짜증을 냈다.

"아우, 아무리 파도 안 나오잖아."

"입 닥치고 계속 파기나 해. 그래도 금괸데 얕게 묻어 놨겠어?"

추기호가 삽질을 하며 말했지만, 이호진은 목소리를 높였다.

"삽질만 하다가 날이 밝으면 우리 인생은 끝이니

정명섭

까 그렇지."

"그러니까 파기나 하라고, 뭐가 나오는지 파 보고 나서 생각하자, 제발."

"초등학교 때 반장이었다고 티 내냐?"

"그럼 방법 있어? 친구 녀석은 곡괭이에 머리가 찍혀서 골로 갔는데, 금이라도 못 찾으면 우린 끝이야. 보라고! 친구들끼리 술 마시다가 한 녀석이 저렇게 됐다고 하면 뭐라고 생각하겠어?"

"싸우다가 우발적으로 죽였다고 생각하겠지."

아까부터 잠자코 있던 김성석이 끼어들자 추기호가 고개를 끄덕거렸다.

"땅 파려고 휘두르던 곡괭이에 머리가 찍혔다고 하면 누가 믿겠어? 거기다 이렇게 땅까지 팠는데, 친구 죽이고 암매장하려 했다는 얘기가 안 나오겠느냐고?"

그의 말에 다들 침묵을 지켰다. 그러자 추기호가 말했다.

"그러니까 닥치고 땅이나 파. 이러다 날 밝으면 우리 인생은 끝이란 말이야."

틀린 얘기는 아니기에 모두 다시 땅을 팠다. 하지만 아무것도 나오지 않았다. 손목시계를 들여다보던 이호진이 고개를 저었다.

"이러다가 아침까지 땅만 파고 말겠다. 이제 그만 파고 묻어야겠어."

뭘 묻어야 할지 딱히 얘기하지는 않았지만 세 사람, 그리고 박환진까지 거의 동시에 동상 옆으로 옮긴 조정섭의 시신을 바라봤다. 추기호가 깨진 보도블록 조각을 발로 툭툭 치면서 말했다.

"이거 깨진 거 보고 이상하게 생각하지 않을까?"
"그래 봤자 보도블록만 교체하겠지. 설마 땅까지 파겠어?"

희망이 잔뜩 섞인 이호진의 말에 다들 고개를 끄덕였다. 긴 한숨을 쉰 추기호가 삽을 지팡이처럼 두

정명섭

손으로 짚은 채 말했다.

"일단 정섭이부터 묻는다. 가서 시신 가지고 와라."

머뭇거리던 친구들이 박환진을 앞세워서 시신을 끌고 왔다. 축 늘어진 조정섭의 시신을 동상 앞 구덩이에 내려놓은 친구들이 하나둘씩 밖으로 나왔다. 이마의 땀을 닦은 김성석이 투덜거렸다.

"가을밤인데 열대야처럼 덥네."

그 얘기를 들은 김성석이 주변을 둘러보며 덧붙였다.

"그러고 보니 벌레 우는 소리도 안 들리네."

알 수 없는 열기와 침묵이 주변을 휘감고 있다는 생각에 다들 묘한 불안감에 휩싸였다.

"우린 뭔가에 홀린 것처럼 여기까지 왔어. 아무 생각도 없이 말이야."

김성석이 울 것 같은 목소리로 말하자 추기호가 노려봤다.

"그래서 지금 어쩌자는 거야? 어서 묻고 여길 뜨자. 새벽이 되면 누가 올지도 몰라."

추기호의 채근에 다들 정신없이 삽으로 흙을 퍼넣었다. 파는 것보다는 시간이 덜 걸렸고, 다들 서두른 탓에 금방 메워졌다. 추기호가 올라서서 발로 흙을 다지는 사이, 김성석과 이호진이 깨진 보도블록을 주워 왔다. 흙을 다지던 추기호가 아까부터 어정쩡하게 서 있던 박환진에게 짜증을 냈다.

"멍청하게 서 있지 말고 저 옆에 구덩이나 메워."

박환진이 묘하게 웃으며 몸을 돌리자 추기호의 얼굴이 일그러졌다.

"재수 없는 놈 같으니…"

보도블록 조각을 맞추던 김성석이 고개를 들고

말했다.

"야! 들리겠다."

"들리면 들으라지. 저 놈 때문이 일이 이렇게 됐는데 미안해하지도 않잖아."

"놀라서 그렇겠지."

"씨발, 저 놈도 같이 묻을걸."

추기호가 이마의 땀을 닦으면서 말하자 듣고 있던 김성석이 혀를 찼다.

"넌 이 상황에서 농담이 나오냐?"

"저 놈이 이상하게 불어 버리면 우리만 작살날 수 있으니까 그렇지."

"쟤가 곡괭이로 죽인 건데 알아서 입 다물겠지."

"넌 어째 머리가 그렇게 안 돌아가? 쟤가 우리들이 죽였다고 우기면 방법 있어?"

김성석은 추기호의 말에 딱히 반박하지 못했다. 분위기가 그렇게 어그러지고 있다는 것을 아는지 모르는지 등을 돌린 채 구덩이를 메우고 있던 박환진이 갑자기 손을 멈추고 돌아봤다.

"여기 뭐가 있어요."
"뭔데?"

추기호가 심드렁하게 대꾸하자 박환진이 구덩이 안으로 들어가서는 발로 땅을 쾅쾅 밟았다. 그러자 마치 문짝을 밟는 것 같은 소리가 났다. 그 소리를 들은 추기호와 친구들은 손을 멈춘 채 그쪽을 바라봤다. 박환진이 환하게 웃으며 말했다.

"금괴가 묻혀 있는 게 틀…."

박환진은 청소기에 빨려 들어가는 먼지처럼 바닥으로 사라졌다. 전혀 예상하지 못했는지 마지막까지 웃고 있던 그는 비명조차 지르지 못했다. 한쪽 손이 잠깐 밖으로 나왔다가 스르륵 땅속으로 사라졌다.

"저, 저게 뭐야?"

눈을 부릅뜬 이호진의 말에 두 사람 모두 대답하

정명섭

지 못했다. 진공 같은 침묵을 견디다 못한 이호진이 삽을 든 채 박환진이 사라진 구덩이 쪽으로 다가갔다.

"야! 호진아! 미쳤어?"

김성석의 만류에도 이호진은 바닥에 침을 카악 뱉었다.

"이판사판이지. 저 아래 금괴가 묻힌 지하 통로 같은 게 있을지 모르잖아."

안 된다는 친구들의 외침을 뒤로한 채 이호진이 구덩이 앞에 도착했다. 말은 그렇게 했지만 막상 겁이 났는지 몸을 최대한 뒤로 뺀 채 고개를 내밀어서 구덩이 안쪽을 바라봤다.

"뭐 보여?"

추기호의 물음에 이호진이 돌아보면서 고개를 저었다.

"그냥 맨땅이야."

"그 녀석은?"

"안 보여. 귀신이 곡할 노릇이네."

"환장하겠네."

추기호가 땅이 꺼져라 한숨을 쉬며 고개를 저었다. 이호진이 그들이 있는 곳으로 돌아오며 말했다.

"일단 그쪽부터 메우고 여긴 나중에 생각하자. 뭔 놈의 일이 계속 커지냐고…."

김성석이 소리를 지른 건 바로 그때였다.

"뭐야, 저거!"

박환진이 사라진 구덩이에서 커다란 촉수 같은 것이 흐물흐물 기어 나왔다. 김성석의 외침에 이호진이 돌아보긴 했지만 한발 늦고 말았다. 촉수가 발목을 칭칭 감자 놀란 이호진이 펄쩍 뛰었다.

"이거 뭐야! 씨발."

구덩이에서 나온 촉수가 삽시간에 이호진을 칭칭 감아 버렸다. 두 사람이 있는 곳으로 오기 위해서 발버둥을 치던 이호진은 촉수에 붙잡혀 구덩이 쪽으로 끌려갔다. 바닥을 손가락으로 긁으며 버텨 봤지만 촉수의 힘을 이기지 못했다.

"살려 줘!"

이호진은 단말마의 비명을 남기고 구덩이 안으로 쓸려 들어갔다. 김성석과 추기호는 서로의 얼굴만 바라봤다. 너무 비현실적인 일이라서 머리가 텅 비어 버린 것이다.

"대체 어떻게 돌아가는 거야?"

김성석의 물음에 구덩이 위에 서 있던 추기호는 고개만 저을 뿐이었다. 그러다 뭔가 생각났다는 표정으로 동상을 올려다봤다.

"이래서 교칙이 있었던 건가?"
"무슨 교칙?"

"아까 얘기했잖아. 밤중에 설립자 동상 앞에 서지 말라고 한 거."

추기호의 말을 들은 김성석이 억지로 웃어 보였다.

"설마, 이런 일 때문에 교칙이 생긴 건 아니겠지?"
"그건 모르지. 어쨌든 우린 망한 거야. 교칙을 지키지 않아서."

체념한 것 같은 추기호의 모습에 김성석이 멱살을 잡고 화를 냈다.

"야! 이 새끼야! 정섭이랑 호진이가 죽었는데 그게 지금 할 소리야?"

김성석의 말에 추기호가 허망한 표정을 지었다.

"우리 뭔가에 홀린 것 같지 않아? 주변도 이상하고 말이야."
"씨발! 여긴 학교고, 우린 동상 앞에 서 있었을 뿐이야!"

정명섭

김성석이 여전히 웃고 있는 추기호를 확 떠밀었다. 거의 메운 구덩이 밖으로 밀려난 추기호가 비틀거리다가 균형을 잡았다. 씩씩거리던 김성석은 추기호를 미느라 자신이 구덩이 안으로 들어와 버렸다는 것을 깨달았다.

"망할!"

화들짝 놀란 표정의 김성석이 서둘러 구덩이 밖으로 나오기 위해 발을 뗐다. 그 순간. 바닥에서 일어난 모래가 그를 감쌌다. 김성석은 놀라서 입을 벌린 모습 그대로 모래에 휩싸여 바닥으로 서서히 가라앉았다. 김성석은 비명을 지르려고 했지만 입에서는 모래만 나올 뿐이었다. 몇 발자국 떨어진 곳에 서 있던 추기호는 김성석이 마지막으로 쥐어짜 낸 비명을 듣고는 두 손으로 귀를 막았다. 김성석을 집어삼킨 구덩이는 고요했다. 천천히 뒷걸음질을 치던 추기호는 주변을 돌아봤다. 희뿌연 달빛이 비추던 세상은 어느덧 심연처럼 어둡고 고요했다.

"정섭아! 호진아! 성석아!"

마지막으로 박환진의 이름까지 불렀지만 아무도 대답하지 않았다. 주변을 돌아보던 그의 눈에 불이 환하게 켜진 수위실이 보였다. 그곳을 물끄러미 바라보던 추기호는 잊고 있던 기억 하나가 떠올랐다. 밤에 설립자 동상 앞에 서지 말라는 교칙을 듣고 의아해하던 어린 시절, 그는 선생에게 물었다.

✝

"선생님. 밤중에 설립자 동상 앞에 서게 될 일이 생기면 어떡해요?"

그러자 난감한 표정을 짓던 선생님이 낮은 목소리로 대답했다.

"기호야, 밤중에 동상 앞에서 뭔가를 보게 된다면 수위실로 가."
"수위실이요?"
"응, 가서 수위 아저씨한테 자초지종을 얘기해."

"그럼요?"

추기호의 반문에 선생님이 살짝 웃었다.

"수위 아저씨가 알아서 처리해 주실 거야."

그때의 기억을 떠올린 추기호는 수위실 쪽으로 천천히 움직였다. 그때 김성석을 집어삼킨 구덩이에서 촉수가 스물스물 기어 나오자 재빨리 발걸음을 뗐다. 추기호가 뛰는 소리를 들은 촉수가 꿈틀거리며 쫓아왔다. 추기호는 젖 먹던 힘까지 내서 수위실로 뛰었다. 그리고 아슬아슬하게 촉수를 피해 수위실 안으로 들어갔다. 있는 힘껏 문을 닫았지만, 나무 문짝이 얼마나 버틸지는 알 수 없었다. 다행히 촉수는 경비실 문턱을 넘지 못한 채 슬금슬금 물러났다.

"씨! 죽다 살았네."

숨을 헐떡이며 중얼거리던 추기호는 클로로폼으로 기절시켰던 수위 아저씨가 멀쩡하게 눈을 뜨고 있는 걸 봤다. 수위 아저씨의 퀭한 눈을 본 추기호는 반

가움이 앞섰다.

"아저씨! 아까는 죄송했고, 일이 좀 벌어져서 그런데 경찰에 신고 좀…."

추기호는 수위 아저씨가 조용히 하라고 손짓을 하는 바람에 말을 채 끝맺지 못했다. 수위 아저씨는 신중한 눈으로 바깥을 살펴봤다. 고민하던 추기호는 마른침을 삼켰다.

"저, 어떻게 들릴지는 모르겠지만 동상 앞에서 이상한 일들이 일어났습니다."
"알아."

수위 아저씨는 뜻밖의 대답을 했다. 말문이 막힌 추기호가 억지로 입을 열었다.

"그, 그게 그러니까…."
"명신님이 깨어나신 거야. 동상 아래 잠들어 계시거든."
"뭐라고요?"

정명섭

"창조주보다 더 오래된 존재지. 우리 학교의 교칙은 그분을 깨우지 않기 위해 만들어졌어."

"왜 깨우면 안 되는 건데요?"

반쯤은 자포자기한 추기호의 물음에 고개를 돌린 수위 아저씨가 너무나 당연하다는 표정으로 대답했다.

"그러면 지구가 위험해지니까…."

일이 어떻게 돌아가는지 영문을 모르는 추기호가 수위 아저씨의 어깨를 잡았다.

"약 때문에 좀 이상해지신 것 같은데 정말 이상한 일이 벌어지고 있다니까요."

"그게 교칙을 어겨서 그런 거야. 한밤중에 설립자 동상 앞에 절대 서지 말 것!"

힘주어 말하는 수위 아저씨가 얄밉게 느껴진 추기호가 쏘아붙였다.

"그래서 아저씨한테 왔잖아요. 문제가 생기면 수위 아저씨를 찾아가라는 교칙대로요."

"나한테?"

"네, 그럼 알아서 해결해 줄 거라고 그랬어요. 어릴 때 담임이요."

"나한테 오는 건 맞지만, 내가 해결해 주지는 않아."

목소리가 이상하게 변한 수위 아저씨가 손을 뻗어서 추기호의 허리를 잡았다. 생각보다 힘이 세다고 느낀 추기호가 몸을 빼려고 했지만 손아귀를 벗어나지 못했다. 추기호를 번쩍 든 수위 아저씨가 수위실 문 쪽으로 몸을 돌렸다. 그러자 닫혀 있던 수위실 문이 자동문처럼 스르륵 열렸다. 밖에는 촉수들이 기다리고 있었다.

"으아아! 살려 주세요."

추기호는 발버둥을 치면서 살려 달라고 애원했지만 수위 아저씨는 대수롭지 않은 말투로 대꾸했다.

정명섭

"내 해결 방법은 교칙을 어겨서 명신님을 깨운 자를 넘겨주는 거지."

그 말이 끝나기가 무섭게 경비 아저씨가 추기호를 밖으로 던졌다. 그러자 기다리고 있던 촉수들이 추기호를 낚아챘다. 빠져나가기 위해 안간힘을 쓰는 추기호를 옭아맨 다음 구덩이 쪽으로 끌고 갔다. 추기호는 촉수의 힘을 이기지 못했다. 구덩이까지 끌려간 추기호는 마지막 힘을 쥐어짜서 바닥을 움켜잡았다. 그러자 잠시 움직임이 멈췄다. 하지만 곧 구덩이 안에서 섬뜩한 울음소리가 들렸고, 촉수는 땅을 잡고 버티던 추기호의 손가락을 부러뜨린 다음 끌고 갔다. 수위실 앞에서 허리에 손을 짚은 채 그 광경을 지켜보던 수위 아저씨가 혀를 찼다.

"그러게 교칙을 잘 지켜야지."

추기호까지 집어삼킨 촉수들은 사방에 흩어진 곡괭이와 삽은 물론 보도블록까지 깨끗하게 맞춰 놓고 구덩이 안으로 사라졌다.

날이 밝았다. 수위 아저씨는 여느 때처럼 수위실
앞에서 등교하는 초등학생들을 지켜봤다. 재잘거리며
교문으로 들어서는 아이들을 흐뭇한 눈으로 바라보
던 수위 아저씨는, 그중 한 명이 설립자 동상 쪽을 바
라보자 살짝 눈살을 찌푸렸다. 그러고는 아이에게 다
가갔다.

"왜 그러니?"
"저기요. 저 동상 앞."

손가락으로 동상을 가리킨 아이가 말했다.

"땅이 움직였어요."
"땅이?"

수위 아저씨가 바라보자 아이는 자신 없는 표정
으로 고개를 끄덕였다.

"살짝 들썩거린 것 같았는데요…."
"바람이 불어서 그런가 보네. 내가 살펴볼 테니까
얼른 교실로 가라."

정명섭

"네!"

아이는 짧게 대답을 하고 본관이 있는 운동장 쪽으로 뛰어갔다. 아이가 멀어진 걸 본 수위 아저씨는 땅이 들썩거리면서 살짝 치솟은 보도블록을 발로 지그시 누르며 중얼거렸다.

"교칙은 교칙이니까."

안전하고 싶다면 절대로 규칙을 어겨서는 안 된다.

나는 수첩에 이 문장을 쓰고 한참 동안 들여다보
았다. 이 말을 쓰는 것만으로도 사실 위험했다. 괴담이
흉담으로 변하는 것은 한순간이다.

. . .
똑똑.

밤이 깊어 아무도 없었는데 누군가가 문을 두드렸
다. 나는 살짝 긴장한 채 창문을 힐끔 보았다. 수위실 앞
에 한 남자가 서 있었다. 나는 벽에 붙어 있는 달력을 보
았다. 오늘 날짜에 동그라미가 쳐 있었다. 나는 문을 열

고 남자를 보았다. 모자를 푹 눌러 쓴 남자는 얼굴이 보이지 않았다. 그가 뭔가를 건넸다. 밀봉된 박스였다.

"내년분이요."

남자는 딱 그 한마디만을 남기고 다시 몸을 돌려 사라졌다. 매해 이날, 이 시간에 남자는 이 박스만 건네주고 사라진다. 아마 내년에도 같은 날, 같은 시간에 이 박스를 들고 올 것이다. 남자의 정체에 대해서는 정확히 알 수 없었지만, 명신재단의 이사장이 보냈을 것이라 추측만 할 뿐이다.

나는 남자가 건넨 박스를 들고 수위실 안으로 들어왔다. 박스 겉에는 부적들이 덕지덕지 발라져 있었다. 칼을 들고 박스를 막아 놓은 테이프를 끊어 냈다. 박스를 열어 보니 그 안에 수백 개의 수첩이 가득 들어 있었다. 나는 검은 수첩들을 꺼내 탁자 위에 쌓아 두었다.

내 자리로 돌아가 서랍을 열고 올해 수첩을 꺼냈다. 그리고 올해 수첩과 내년 수첩에 적힌 교칙을 하나하나 비교해 보았다. 수첩을 넘기던 중 나는 한 부분에 시선을 두었다.

40   절대로 고등학교 본관 옥상 문을 열지 마시오.

40-1 위 사항을 어겨 옥상 문을 열었다면 절대 그 안으로 들어가지 마시오.

40-2 옥상 문 안에 들어갔을 때 누군가가 말을 건다면 절대 대답하지 마시오.

40-3 옥상 문을 최대한 빨리 닫고 뒤를 돌아보지 말고 내려오시오.

오랜만에 내용이 추가됐다. 올해 추가된 교칙을 형광펜으로 표시했다. 시간이 흐르면서 학생들도, 학교도 매년 바뀌어 갔다. 수첩에 적힌 교칙이 추가되거나 사라지는 것을 보며 나는 세상의 변화를 느끼고는 했다. 곧 이 수첩들은 은밀하게 학생들 사이에 퍼지면서 새로운 교칙의 기준이 될 것이다.

삐이이익!

알람이 울렸다. 나는 수첩을 서랍 안에 넣고 자리

에서 일어났다. 손전등을 챙긴 뒤 수위실 밖으로 나왔다. 정해진 시간에 순찰을 돌아야 했다. 그렇지 않으면 무슨 일이 일어날지 몰랐다.

나는 손전등을 켜고 설립자 동상 앞에 섰다. 며칠 동안 계속 바닥이 들썩였는데 겨우 잠잠해졌다. 초등학교 운동장을 지나서 구교사 앞 소각장을 살폈다. 손전등으로 소각장을 비춰 보니 누군가가 편지를 태우고 간 듯 그 안에 재가 가득 남아 있었다. 나는 소각장에 남은 재를 긁어서 바닥에 뿌렸다. 뒤를 돌아보자 구교사의 창문에 흐릿한 그림자가 어른거렸다. 또 누군가 들어가지 말라는 곳에 들어간 모양이다. 나는 혀를 차며 고개를 내젓고 중학교 쪽으로 향했다.

옥상을 비춰 보니 위에서 역시나 검은 그림자가 어른거렸다. 나는 새로 추가된 교칙을 상기하며 본관 옥상 쪽으로 올라가 문을 점검했다. 어설픈 무당의 부적이 아니라 문 자체를 새롭게 교체했기에 문만 열지 않으면 별다른 문제가 없을 듯싶었다. 하지만 언제나 그렇듯 학생들은 교칙을 지키지 않는다. 문제는 언제나 생기기 마련이다.

나는 마지막으로 고등부 식당과 본관 중앙 계단 거울 쪽을 살폈다. 얼마 전 시신 하나가 나와 재단 쪽에서 날을 세우고 있는 곳이었다. 혹시라도 틈이 열려 있는지 꼼꼼하게 살폈다. 마지막으로 본관 뒤쪽의 기숙사 주변을 순찰하고 몸을 돌렸다. 담 뒤쪽에는 쇠사슬로 꽁꽁 묶인 후문과 산이 보였다.

오랫동안 이곳을 지켜 온 나로서도 절대로 가지 않는 곳이 있었는데 그곳은 바로 후문 뒤쪽으로 뻗어 있는 산이다. 밤이 내려온 뒤 저 산으로 들어가게 되면 아무리 나라도 다시 돌아오기 힘들 터였다. 나는 산으로 통하는 후문이 굳게 닫혀 있는지 확인한 뒤 다시 수위실로 돌아왔다.

손전등을 원래 자리에 두고 탁상 위에 놓아둔 내년 수첩을 정리하려던 때였다. 누군가가 다급하게 수위실 문을 두드렸다.

"사, 살려 주이소! 도와주이소!"

다급한 목소리였다. 나는 자리에서 일어나 수위

실 바깥문을 두드리고 있는 선생을 힐끔 보았다. 뒤를
보니 뭔가가 그를 쫓아오고 있었다.

이이이이.
이이이이이이.

바람 빠지는 소리를 내는 무엇인가가 수위실 문
을 두드리는 선생에게 다가왔다. 선생이 더욱 세차게
수위실 문을 두드렸지만 나는 도와줄 수가 없었다. 애
초에 저 선생 잘못이었다.

이이이이이이.

기묘한 소리가 한 번 더 울리더니 문을 두드리는
소리가 사라졌다. 옆을 힐끔 보니 수위실 문 앞에는
아무도 없었다. 나는 새롭게 온 수첩을 펼쳤다. 수첩
의 가장 첫 번째 장, 첫 번째 줄에 이렇게 적혀 있었다.

1   이 수첩의 교칙을 마음대로 바꾸거나 추가하지
        마시오.

1-1   수첩의 내용을 바꿀 경우 무슨 일이 일어날지 알

수 없음을 명심하시오.

1-2   명신학교의 교칙을 함부로 외부에 노출하지 마
        시오.

1-3   위 사항을 어겼을 경우 곧장 수위실로 찾아가시
        오.

때로는 별생각 없는 장난이 가장 큰 저주가 되어
돌아오는 법이다. 안전하고 싶다면 절대로, 규칙을 어
겨서는 안 된다. 절대로.

명신학교에 입학한 모든 학생들을 환영합니다.

명신학교는 명신재단이 설립·운영하는 명신초등학교, 명신중학교, 명신고등학교를 통칭합니다.

명신재단은 정통 있는 교육을 통해 사회적 지도자 육성에 이바지하고 있습니다.

명신학교는 1900년에 설립된 (구)명신학원을 전신으로 하며, 오랜 전통과 역사를 자랑하는 명문 학교입니다.

학교의 전통과 명맥을 유지하기 위해 학생들에게 교칙 외 몇 가지 안전 수칙을 제공하고 있습니다.

명신학교의 신입생은 여기에 적힌 수칙을 모두 숙지하여야 하며, 아래 내용을 절대 외부에 누설해서는 안 됩니다.

아래 수칙을 무시하거나 위반하여 발생하는 사
고에 대해서는 학교가 책임지지 않습니다.

---

0   아래 각 항에 해당하는 학생은 소정의 절차를 거
     쳐 징계를 가한다.

0-1 교칙 및 안전 수칙을 위반한 자

0-2 품행이 불량하여 개전의 가망이 없는 자

0-3 학업성적이 열등하여 성업의 가망이 없는 자

0-4 정당한 사유 없이 결석이 무상한 자

0-5 음주, 흡연, 마약 복용 등 학생의 도리를 위반한
     자

0-6 학업에 지장을 초래한 자

0-7 명신학교의 교육 이념을 공공연히 거부하는 자

---

1   이 수첩의 교칙을 마음대로 바꾸거나 추가하지
     마시오.

1-1   수첩의 내용을 바꿀 경우 무슨 일이 일어날지 알 수 없음을 명심하시오.

1-2   명신학교의 교칙을 함부로 외부에 노출하지 마시오.

1-3   위 사항을 어겼을 경우 곧장 수위실로 찾아가시오.

~~~~~~

2   한밤중 설립자 동상 앞에 서지 마시오.

2-1   동상 주변에서 소란을 피우지 마시오.

2-2   동상 주변의 땅을 파지 마시오.

2-3   동상 앞에서 뭔가를 봤을 경우 되도록 빠르게 수위에게 이 사실을 알리시오.

~~~~~~

14   구교사에 출입하지 마시오.

14-1 구교사에 3학년 14반은 존재하지 않음을 명심하시오.

14-2 3학년 14반을 발견한다면 그 즉시 구교사를 빠

져나오시오.

14-3 3학년 14반에 들어가게 된다면 그 안에 있는 물
건에 손대지 마시오.

---

15 해가 지고 나서 강당에서 공 튕기는 소리가 나면
들어가지 마시오.

15-1 강당에 들어갔을 때 빨간색 농구부 옷을 입고 있
는 학생이 있다면 절대 말을 걸지 마시오.

15-2 함께 농구를 하자고 한다면 공을 가져온다고 말
하지 말고, 옷을 갈아입고 온다고 말하고 밖으로
나오시오.

15-3 밖에 나와서도 계속 뒤에서 공 튕기는 소리가 난
다면 절대로 뒤를 돌아보지 말고 정문 쪽 동상 앞
으로 가시오.

---

28 해가 저물고 복도 중간에 있는 중앙 계단의 거울
을 마주 보지 마시오.

28-1 거울을 봤다면 즉시 정문 쪽 동상 앞으로 가시오.

28-2 해가 완전히 지면 다시는 돌아올 수 없으니 주의하시오.

28-3 별관 쪽은 위험하니 접근하지 마시오.

~~~~~~

29 음악실에서 「월광 소나타」가 들리면 곧바로 귀를 막고 뒤돌아서 피하시오.

29-1 음악실에 있는데 「월광 소나타」가 들리면 절대 피아노 쪽을 보지 마시오.

29-2 피아노로 「월광 소나타」를 치고 있는 여학생을 봤을 경우 절대 놀라거나 소리치지 마시오.

29-3 여학생의 연주가 끝날 때까지 절대 움직이지 말고 연주가 끝나면 손뼉을 치고 환호성을 지르시오.

29-4 「월광 소나타」가 아닌 「젓가락 행진곡」이 들리면 곧장 음악실 밖으로 도망가시오.

30   학교 소각장에서 편지를 태우지 마시오.

30-1 절대로 보내는 사람 이름을 빨간 글씨로 쓰지 마시오.

30-2 여러 장의 편지를 한 번에 태우지 마시오.

30-3 편지를 태우고 꿈에 무엇인가가 나타나면 다시는 돌이킬 수 없으니 주의하시오.

31   복도에서 빨간색 명찰을 달고 있는 학생을 보면 말을 걸지 마시오.

31-1 모르고 말을 걸었다면 절대 눈을 마주 보지 마시오.

31-2 빨간 명찰 학생이 빵을 사 달라고 하면, 반드시 초코크림 빵을 사 주시오.

31-3 빨간 명찰 학생이 "우리 친구 할래?"라고 물어보면 절대 대답하지 마시오.

31-4 빨간 명찰 학생이 세 번 이상 보인다면 주변 교사에게 이 사실을 알리시오.

32   자정이 넘어서 미술실에 들어가지 마시오.

32-1   미술실에서 데생을 하고 있는 남학생과 마주쳤
      다면 아는 척을 하지 말고 밖으로 나오시오.

32-2   미술실에서 유화를 그리고 있는 여학생과 마주
      쳤다면 가지고 있는 하얀 물감을 앞에 두고 밖으
      로 나오시오.

32-3   미술실에서 머리가 긴 미술선생과 마주쳤다면
      무조건 도망가시오.

32-4   낌새가 이상할 경우 정문 쪽 동상 앞으로 가시
      오.

40   절대로 고등학교 본관 옥상 문을 열지 마시오.

40-1   위 사항을 어겨 옥상 문을 열었다면 절대 그 안으
      로 들어가지 마시오.

40-2   옥상에 들어갔을 때 누군가가 말을 건다면 절대
      대답하지 마시오.

40-3   옥상 문을 최대한 빨리 닫고 뒤를 돌아보지 말고
      내려오시오.

41   화장실에서 볼일을 본 뒤에는 반드시 손을 씻으시오.

41-1 씻지 않고 나왔을 경우 반드시 하교 전까지 해당 화장실에서 손을 씻으시오.

41-2 손을 씻지 않고 나온 뒤 이상한 소리가 들리면 절대 뒤를 돌아보지 마시오.

41-3 뒤를 돌아보았을 경우 지체하지 말고 주변 교사에게 이 사실을 알리시오.

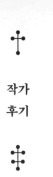

작가
후기

† 우리 학교에
3학년 14반은
없습니다

김동식

괴담이라는 장르를 잘 쓰지는 못하지만 친하긴 합니다. 제 태생이 '공포 게시판'이기 때문입니다. 괴담도 장르를 세분화하면 꽤 여러 가지가 있습니다. 안전 수칙, 로어, 나폴리탄, SCP 등등. 이들의 공통적인 장점은 상상력을 자극한다는 점이죠.

안전 수칙에 관한 괴담은 특히나 더 창작 욕구를 불러일으키기 때문에, 기획을 듣고는 금방 참여하고 싶단 마음이 들었던 것 같습니다. 한데 막상 작품을 쓰려고 생각하니까 갸우뚱하더군요. '안전 수칙 괴담'은 정해진 해석이 없이, 의문에서 오는 공포를 즐기는 건데? 결말이 없는 이야기를 종이책으로 출판해도 될까? 다행히도 이 책의 기획은 그게 아니었습니다.

'안전 수칙'을 가지고 자유롭게 이야기를 만들어도 된다는 말에, 저는 아예 나폴리탄 같은 느낌의 이야기를 쓰자고 생각했습니다. 다만, 결말이 제시된 나폴리탄이었죠. 나폴리탄 괴담 글에는 늘 그 괴담을 해석하는 댓글들이 달립니다. 그중 소름 끼치는 해석은 엄청난 호응을 받게 되죠. 그런 댓글 같은 글을 쓰는 게 바로 이 작품의 기획 의도입니다. 과연 제 글이 '좋아요'를 많이 받을 수 있을까요? 하하.

사실 이 이야기가 진짜 나폴리탄 괴담이라면, 김남우가 수위와 만난 뒤 다시는 최무정을 찾지 않는 게 끝일 겁니다. 그리고 나이를 먹으면서 신기루 같은 그일을 가끔 떠올리다가, 먼 훗날 문득 어떤 사실을 깨닫게 되겠죠. "녀석이 그래서 그랬구나!" 하면서 늙은 김남우가 구교사를 찾아가는 장면으로 이야기가 마무리됐을 겁니다. 그게 나폴리탄이죠.

만약 그렇다면, 여러분은 이 이야기를 어떻게 해석하시겠습니까? 3학년 14반의 보물 상자를 왜 열면 안 되는 걸까요? 여러분의 상상에 도움이 될 나폴리탄의 키워드를 몇 개 적어 보겠습니다.

최무정 이전에도 두 손을 상자에 붙인 채로 죽은

듯한 뼈가 존재했다.

최무정은 이 상자가 친일파가 숨겨둔 보물이라고 했다.

보물상자가 열릴 때 나는 소리가 희한하다. '쓰지지직' 부직포가 뜯어지는 듯한?

최무정은 양손을 모두 상자에 붙이고 있었지만, 오른손만은 아주 잠깐씩 뗄 수 있었다.

최무정은 도움이 필요함에도 절대 다른 사람들을 불러오는 걸 원치 않았다.

제가 마무리한 결말이 아닌 다른 해석으로 진짜 정답을 찾아보시길 바랍니다. 나폴리탄.

† 　해가 진 뒤
　　중앙 계단의 거울을
　　보지 마시오

김선민

　『명신학교에 오신 걸 환영합니다』는 괴이학회에게 정말 특별한 책입니다. 괴이학회가 처음으로 기획하여 상업 출판 시장에 내놓은 작품집이기 때문입니다. 괴이학회는 매년 소속 작가님들과 함께 주제를 정해 자체적으로 괴담·호러 앤솔러지를 만드는 활동을 합니다.

　『명신학교에 오신 걸 환영합니다』는 소속 작가인 홍지운 작가의 아이디어에서부터 시작했습니다. 처음 기획은 학교가 아닌 놀이공원을 배경으로 한 '안전 수칙 괴담'이었습니다. 흔히 래딧 괴담이라 불리는 '디즈니 직원들을 위한 메모'에서 발상을 빌려 와 가상의 놀이공원을 만들어 안전 수칙을 세우고 그에 관련된

괴담을 앤솔러지로 만들어 보자는 것이 초기 기획이
었습니다.

처음에는 괴이학회에서 자체적으로 앤솔러지를
제작할까 하다가 운이 좋게도 요다 출판사와 함께 출
간하게 되었습니다. 편집부와의 회의를 통해 배경이
놀이공원에서 좀 더 친숙한 공간인 학교로 바뀌었고,
안전 수칙은 자연스럽게 교칙이 됐습니다. 학교는 모
두에게 익숙한 공간이면서, 처음으로 사회적 규범과
관계성을 배우는 공간이니만큼 다양한 에피소드가 등
장할 수 있는 배경이었습니다. 덕분에 다섯 개의 작품
이 하나도 겹치지 않고 모두 개성 있는 작품들로 채워
질 수 있었던 것 같습니다. 저는 그중에서 프롤로그와
에필로그, 「해가 진 뒤 중앙 계단의 거울을 보지 마시
오」라는 작품을 수록했습니다.

학교 다닐 때 저는 야자를 정말 싫어하는 학생이
었습니다. 아니, 내신과 수능 등 시험이라는 것 자체
를 혐오하는 학생이었기에 학교에 별로 좋은 기억이
없습니다. 억지로 앉아 반복적으로 문제만 풀어야 하
는 그 시간이 마치 지옥처럼 느껴졌습니다. 학교를 배
경으로 안전 수칙 괴담을 만들기로 했을 때 어떤 내용
을 써야할지 정말 고민을 많이 했습니다. 아이디어가

나오지 않아서가 아니라 괴담이 될 만한 아이디어가 너무 많았기 때문이었습니다. 저는 요즘도 종종 학교에서 야자를 하는 악몽을 꿉니다. 그만큼 제게 중고등학교 시절은 큰 트라우마로 남아 있습니다.

고민 끝에 성적 압박으로 잘못된 소원을 빌어서 거울 저편의 세계로 넘어가 버린 여학생의 이야기를 쓰기로 했습니다. 주인공인 선화는 성적에 압박을 받는 학생입니다. 선화와 저의 차이점은 선화는 스스로 더 잘하고 싶은 욕심이 있는 학생이고, 저는 외부의 시선과 기대 때문에 억지로 잘하려고 노력했던 학생이라는 점입니다. 처음에는 선화 역시 저처럼 억지로 공부하는 학생처럼 그리려고 했는데, 이야기를 쓰다 보니 선화는 스스로 성취에 집중하는 학생이라는 생각이 들었습니다. 덕분에 후반부 내용이 좀 바뀌면서 명신님에게 1등이 되게 해달라고 소원을 비는 장면이 추가됐습니다. 이는 편집부에서 말씀해 주신 코멘트가 큰 도움이 됐습니다. 덕분에 선화라는 주인공을 훨씬 선명하게 나타낼 수 있었습니다.

앞서 말했듯 이번 작품집은 괴이학회에서 기획해서 정식으로 상업 출판된 첫 작품집입니다. 공포, 호러 장르의 출간을 기피하는 출판 시장에 조금이나 마 분위기를 바꿔 보고자 만들었던 괴이학회의 성과가 결실을 맺은 것 같아서 뿌듯합니다. 안전 수칙 괴담이라는 생소한 소재의 기획에 관심을 보여 주신 요다 출판사에 큰 감사를 드리고 싶습니다. 앞으로도 더욱 기괴하고 재미있는 이야기를 많이 만들어서 독자 분들께 선보일 수 있도록 쉬지 않고 달리겠습니다. 작업에 함께 참여해 주신 정명섭, 홍지운, 김동식, 문화류씨 작가님께도 큰 감사의 말씀을 올립니다. 감사합니다.

† **고등학교 본관
옥상 문을
열지 마시오**

문화류씨

　유난히 학교는 무서운 이야기를 많이 담고 있다. 만년 전교 2등이 자신을 비관해 옥상에서 투신하여 귀신이 되고, 화장실에서 집단 괴롭힘을 당한 '빵셔틀'이 사고로 죽어 귀신이 되었단다. 이처럼 괴담은 어느 학교에나 존재한다. 어른의 통제가 있는 곳이며, 수많은 사람에게 배움의 상징인 학교가 무슨 이유로 괴담의 배경이 되었을까?

　고등학교에 진학하면서 공포를 느꼈다. 그곳에서 서열과 계급이 괴상하게 만들어지는 잔인한 과정을 경험했기 때문이다. 선생님은 좋은 대학에 들어갈 학생과 아닌 학생으로 구분하여 차별했고, 또래끼리는 사는 아파트부터 아버지의 직업 등 시시콜콜한 것까지 비교하며 자신의 위치를 확인했다.

그저 학교만 잘 다니면 되는 줄 알고 준비 없이 입시 경쟁 속으로 떠밀렸던 나는 매일이 전쟁이었다. 한 놈이라도 더 재껴야 성공한다며 경쟁을 부추기는 어른들의 말에 휩쓸려 정신을 차리지 못했다. 그러던 중 반에서 어수룩하다며 놀림을 당하고 때론 화풀이나 심한 장난의 대상이 된 친구를 알게 됐다. 이건 아닌 것 같아서 녀석의 편을 들며, 다수와 크게 다투었다. 어린 마음에 어른들이 해결해 줄 것이라 믿었는데, 학교에서는 입시 스트레스로 인한 해프닝이라며 좋은 게 좋은 것이라 무마했고, 부모님은 모난 돌이 정 맞는다며 나와 상관없는 일은 나서지 말라며 혼냈다.

자신만 아니면 된다는 거대한 흐름에 동조하는 다수가 역겨웠다. 서열을 나누고 자신보다 아래에 있는 누군가를 괴롭히는 일이란 그들에게 일상생활이었다. 시간이 지나 시골에서 전학생이 왔는데, 어수룩하다고 놀림을 받던 녀석이 말을 더듬는다는 이유로 전학생을 괴롭혔다. 비난과 조롱이 섞인 웃음소리에 전학생은 오랫동안 괴로워했다. 마치 집단의 존속을 위한 제물처럼 느껴졌다.

이런 일이 우리 학교에서만 일어나는 것은 아니

었다. 어떤 학교에서는 학생이 자살하기도 했다. 죽음의 이면에는 대부분이 이와 같은 비슷한 이야기가 존재했다. 많은 이들은 죽은 자가 원한을 품어 나타난다며 호들갑을 떤다. 실은 귀신이 무서운 것이 아니라 사람이 무서운 것인데 말이다.

학창 시절에는 학교만 벗어나면 괜찮아질 거라 생각했다. 그러나 성인이 되고 인생의 쓴맛 단맛을 보면서 사회가 원래 그런 모습이란 걸 깨달았다. 무너지기 쉬운 사람을 혐오하고 먹이로 삼아 집단을 유지하는 현상. '악의 평범성'은 학교에만 존재하는 것이 아니라, 모임에도 있었고 직장에도 있었다. 언젠가 한번은 이런 이야기를 쓰고 싶었다

본래 이 이야기의 제목은 '단수와 복수'였다. 하나를 의미하는 단수와 둘 이상이라는 뜻을 가진 복수는 언어를 배울 때 기본으로 나오는 개념이다. 개인이 소속과 집단에 속하면서 겪는 불편한 해프닝을 빗댔으며, 불의를 외면하고 순응했을 때 일어나는 현상을 꼬집었다. 한 학생이 옥상에서 부적을 때면서 일어나는 일이 독자에게 충분한 공포를 주길 바란다.

— 사실은 괴담 속에 살고 있는 독자에게

244

† 볼일을 본 뒤에는
반드시
손을 씻으시오

홍지운

"안전 수칙과 관련된 호러를 써보고 싶다"라는 아이디어를 떠올렸을 때, 김선민 작가와 요다 출판사가 적극적으로 호응해 주신 덕분에 이렇게 훌륭한 결과물이 나오게 되었습니다. 사실 그렇게 새삼스러운 아이디어도 아니지요. 한창 인터넷에서 안전 수칙과 관련된 괴담이 떠돌았으니까요. 이런 아이디어를 구체화해서 현실에 내놓는 동력이야말로 대단한 것이라고 생각합니다.

많은 공포는 터부에서 출발합니다. 어떤 금기가 있고, 그 금기와 접촉한 순간, 윤리와 당위에 대한 고민이 생겨나기 때문이겠지요. 안전 수칙과 관련된 괴담이 사람들에게 큰 호응을 부른 것은 이런 이유 때문이 아닐까 싶습니다.

안전 수칙은 금기와 관련되어 있다는 점 외에도 호러와 어울리는 또 하나의 이유가 있습니다. 불가사의하다는 점입니다. 어떠한 행동을 하지 말라고는 하는데, 그 행동을 하면 안 될 이유는 도통 짐작이 되지 않고, 했을 경우에 일어날 후폭풍에 대한 호기심을 불러일으키니까요.

장막 뒤에 있는 것. 그것이야말로 안전 수칙 괴담의, 혹은 모든 이야기의 본질이 아닐까 싶습니다.

그런 점에서 안전 수칙 괴담에 소설이라는 살을 붙이는 일은 본질을 흐리는 사족이 될 위험이 있었습니다. 완결성을 주지 않고 정황을 암시하는 것만으로도 충분한 괴담과, 완벽한 기승전결을 갖춰야 하는 호러소설의 형식적인 차이도 분명 있었습니다.

이러한 고민 속에서 제가 고른 안전 수칙은 '화장실에서 볼일을 본 뒤에는 손을 씻자'입니다. 다른 작가님들과 안전 수칙을 함께 만들어나가는 만큼, 다른 누구에게도 지지 않을, 가장 무섭고 끔찍한 안전 수칙이 무엇이 있을까 고민하다 떠올린 조항입니다. 정말 무섭지 않나요? '화장실에서 볼일을 본 뒤에는 손을 씻자'라니. 이렇게 적어 놓아야 할 정도로 안 씻는 사람들이 많다는 거잖아요. 그런 점에서 작품을 떠나 안전 수칙의 내용만으로는 제가 가장 두려운 아이디어를 떠올렸다고 자부합니다.

안전 수칙 괴담은 이후 다른 형태로 계속해서 발전시키고 싶은 소재이기도 합니다. 각 사회 공동체에는 나름의 불문율이 있기 마련이고, 그 불문율에 대한 고민은 얼마든지 해도 부족하지 않으니까요. 직관적으로 독자들에게 정보를 전달할 수 있다는 점에서도 편리하고요. 무엇보다 당장은 소설이라는 형태로 출발했지만, 그 외의 어떤 매체에서도 재미난 실험이 가능하지 않을까 기대하고 있답니다.

아무튼 화장실에서 볼일을 본 뒤에는 손을 씻으라는 안전 수칙을 굳이 소재를 쓸 필요가 없을 정도로, 누구나 손을 잘 씻고 다니는 세상이 오면 좋겠습니다. 가게 화장실에 비누도 꼭 비치되었으면 하고요. 그렇게 되면 다음에 쓸 안전 수칙은 '양변기는 앉아서 사용하시오'가 되겠네요.

한밤중
설립자 동상 앞에
서지 마시오

정명섭

초등학교가 국민학교라고 불리던 시절에는 학교를 무대로 하는 괴담들이 존재했다. 그중 가장 흔하면서도 인상적인 것이 밤 12시가 되면 이순신 장군 동상이 움직이거나 칼을 뽑는다는 얘기였다. 왜 그럴까, 호기심에 못 이겨 밤 12시에 이순신 동상 앞에 가 보고 싶었지만 문제가 있었다. 내가 다니던 학교에는 이순신 장군의 동상이 없었고, 부모님의 눈을 피해 밤 12시에 외출할 수 없었다. 그럴 기회가 있었더라도 잠이 많았던 때라 그 시간까지 버티지 못했을 것이다. 어릴 때 내 소원이 토요일 밤에 하는 〈주말의 명화〉를 끝까지 보는 것일 정도였으니까 말이다. 학교를 무대로 한 괴담들은 아주 오래전부터 입에서 입으로 전해져 내려왔고, 21세기를 한참 지난 지금도 곳곳에서 흔적을 찾아볼 수 있다.

왜 아이들이 다니는 학교에 무시무시한 괴담들이 자리 잡았을까? 그것은 학교라는 공간이 주는 두려움에서 시작된 것이 아닐까 싶다. 가기 싫은데 억지로 가야 하고 놀고 싶은데 머리 아픈 시험을 봐야 하며, 선생님과 친구들 사이에서 눈치도 봐야 했기 때문이다. 그래서 나에게 학창시절은 우울한 회색빛 같은 이미지였다. 왜 그렇게 학교에 가기 싫었느냐에 대한 해답은 사회에 나와서 알게 되었다. 사회의 축소판이 학교였기 때문이다. 직장상사 같은 선생님과 보기만 해도 짜증나는 동료 같은 동급생들, 일만 시킬 줄 아는 과장 같은 선배들이 나를 힘들게 했다. 성과 지상주의인 회사와 성적 만능주인인 학교의 공통점은 말할 나위도 없고 말이다. 그래서 학교를 사회의 축소판이라고 부르는지도 모르겠다. 사실 학교가 지옥이 되어 버린 건 사회가 먼저 지옥이 되었기 때문이라고 믿는다.

「한밤중 설립자 동상 앞에 서지 마시오」는 그런 사회생활에 지친 친구들의 치명적인 하룻밤 일탈을 다루고 있다. 사실 단편에 나오는 등장인물은 얄밉거나 욕심꾸러기이기는 하지만 특별히 나쁜 짓을 하지 않았다. 그럼에도 불구하고 한밤중 학교에 간 것은 현실을 넘어서겠다는 욕심 때문이었다. 그리고 그 욕심은 등장인물들에게 교칙을 지키는 것이 어떤 의미인지를 깨닫게 해 줬다. 밤사이 겪는 일들을 통해 학교와 사회가 똑같은 지옥이라는 사실을 알려 주고 싶었고, 그걸 벗어날 수 있는 손쉬운 길은 학교에서도 사회에서도 찾을 수 없다는 걸 얘기해 주고 싶었다. 모든 평범함 속에는 악이 숨어 있고, 그 악을 억누르는 것이 인간의 삶 그 자체일지도 모르니까 말이다.

앤솔러지는 꽃을 모은다는 라틴어에서 유래되었다. 한 가지 주제로 여러 단편을 모은 이번 앤솔러지 역시 꽃만큼이나 화려하고 멋진 글들이 나왔다. 앤솔러지 작업은 다른 작가의 좋은 글을 볼 수 있음은 물론 경쟁에서 지고 싶지 않다는 작가 특유의 고집을 마음껏 부릴 수 있기도 하다. 글을 쓰는 건 세상을 살아가는 것만큼이나 어렵고 힘들다. 하지만 도전이라는 장벽을 넘으면 그곳에는 꿈이 기다리고 있다. 글이라는 사다리로 그 장벽을 넘기 위해 열심히 노력하고 있다는 점을 알아 주셨으면 좋겠다.

명신학교에 오신 걸 환영합니다

지은이 김동식 김선민 문화류씨 홍지운 정명섭
펴낸이 한기호
기획 괴이학회(홍지운, 김선민)
책임편집 염경원
편집 도은숙, 정안나, 유태선, 김미향, 김민지
마케팅 윤수연
디자인 스튜디오 프랙탈
경영지원 국순근

1판 1쇄 발행
2020년 2월 17일

1판 3쇄 발행
2021년 12월 24일

펴낸곳 요다
출판등록 2017년 9월 5일 제2017-000238호
주소 04029 서울시 마포구 동교로12안길 14 삼성빌딩 A동 2층
전화 02-336-5675
팩스 02-337-5347
이메일 kpm@kpm21.co.kr

ISBN 979-11-90594-02-8 03810

요다는 한국출판마케팅연구소의 임프린트입니다.
잘못된 책은 구입처에서 교환해드립니다.
책값은 뒤표지에 있습니다.
이 도서의 국립중앙도서관 출판예정도서목록(CIP)은
서지정보유통지원시스템 홈페이지(http://seoji.nl.go.kr)와
국가자료종합목록 구축시스템(http://kolis-net.nl.go.kr)에서
이용하실 수 있습니다. (CIP제어번호 : CIP2020002035)